LES HISTOIRES D'AMOUR DES PHARAONS

Professeur de français, de civilisation et de littératures anciennes, latiniste, helléniste, égyptologue et linguiste, Violaine Vanoyeke est en disponibilité depuis une dizaine d'années. Auteur de trente-cinq romans ou livres historiques portant pour la plupart sur l'Antiquité et traduits dans une trentaine de langues, elle a également accompli des recherches de grande ampleur dans le domaine antique et égyptologique. Considérée comme l'une des plus éminentes spécialistes de cette période, elle donne des conférences dans le monde entier et est souvent consultée par la presse internationale sur les découvertes en matière de fouilles. Les musées font appel à ses services pour dater les pièces retrouvées et les exposer. Elle travaille ainsi avec des chercheurs allemands, américains, suédois, polonais, grecs et égyptiens. Depuis plus de quinze ans, elle reconstitue la vie d'une femme pharaon au destin exceptionnel grâce aux recherches de Moyenne-Égypte, du Sinaï, de Louxor, d'Assouan, de Chypre et de Cnossos.

Violaine Vanoyeke est, par ailleurs, productrice, présentatrice et réalisatrice d'émissions littéraires et historiques à la radio depuis 1980 (*Kiosque, Voix en poésie, Présence du poème, Deux écrivains en présence, Historica*). Elle collabore également aux magazines tels que *L'Histoire, Chroniques de l'histoire, Historia*... Elle dirige la collection « Histoire et histoires » chez Critérion.

VIOLAINE VANOYEKE

Les Histoires d'amour des pharaons

MICHEL LAFON

© Éditions Michel Lafon, 1997.

Pour Philippe.

*Je suis si amoureux que j'ai oublié
de me coiffer convenablement,
d'autant que j'ai couru pour te retrouver.
Je suis maintenant à toi.*

Extrait d'un poème d'amour égyptien

Préface

C'est sans doute une gageure d'écrire les histoires d'amour qu'ont vécues les pharaons et ces récits nécessitent une part de reconstitution historique parfois hypothétique.

Les éléments authentiques que nous possédons — représentations des couples royaux sur des monuments, des temples, des bas-reliefs, des objets d'art... — sont limités et souvent dénués d'expression ou de sentiments. Ce ne sont, la plupart du temps, que portraits figés dans des scènes conventionnelles. Seules échappent à cette froideur hiératique des représentations de Néfertiti et d'Akhenaton en situation, le couple pharaonique ayant lui-même œuvré pour l'épanouissement d'un art plus réaliste pendant une partie de la période que l'on a appelée amarnienne. Ce réalisme, qui n'a pas échappé aux excès et qui a évolué vers le grotesque, a été suivi d'une nouvelle période plus conventionnelle. Mais il a permis aux artistes d'exécuter des scènes exceptionnelles de Néfertiti et d'Akhenaton en compagnie de leurs filles, du couple royal en train de s'embrasser à la manière égyptienne (en se frôlant le nez...) ou de s'enlacer tendrement sur son char d'apparat.

C'est l'époque où brille le grand sculpteur Thoutmès

que la beauté de Néfertiti a inspiré mais dont les chefs-d'œuvre ont souvent été détruits lorsque la reine a perdu son pouvoir. Car il faut compter aussi avec les stèles ou les colonnes votives martelées — ou recouvertes de plâtre — de rois ou de reines qui nous privent de précieux éléments d'informations. Certaines reines ont même été remplacées par d'autres épouses plus récentes, comme ce fut le cas pour Néfertiti qui fut évincée, sur les bas-reliefs où elle se trouvait auparavant en compagnie d'Akhenaton, par l'une de ses filles.

Comment donc repartir sur les traces de Néfertiti et d'Akhenaton ?

Des milliers de tablettes d'argile en akkadien, dialecte assyro-babylonien, sur lesquelles étaient écrites les correspondances des rois du Hatti et du Mitanni avec les pharaons Aménophis III et Aménophis IV, ont été découvertes à la fin du XIXe siècle et au début du XXe siècle à Tell el-Amarna et en Anatolie. Des inscriptions sur Néfertiti, trouvées vers 1845, des sculptures, des bas-reliefs, des peintures, les restes d'un édifice bâti en l'honneur d'Aton à Karnak, des fresques sont nos seules références sur l'histoire de Néfertiti et d'Akhenaton.

Quant à l'histoire de Ramsès II et de Néfertari et aux sentiments qu'ils éprouvaient l'un pour l'autre, il est possible de les deviner à partir des nombreuses représentations que le pharaon ordonna de réaliser de la Grande Épouse Royale alors même qu'il était marié avec une autre Grande Épouse, la deuxième, appelée Isinofret, qui n'apparaît que rarement à ses côtés sur les monuments ou les bas-reliefs, tout comme les autres épouses royales.

On sait que Néfertari accompagnait le pharaon pendant la fête d'Opet marquant le début de l'année égyptienne, qu'elle a assisté à la nomination d'un nouveau grand prêtre d'Amon, qu'elle s'est rendue à Qadesh alors que le roi y menait sa fameuse campagne contre les Hittites, qu'il la fit représenter avec ses enfants à Abou Simbel et qu'elle écrivit elle-même à la reine du Hatti pour lui envoyer des cadeaux d'amitié après le traité de paix signé entre les Égyptiens et les Hittites.

Si Ramsès II a eu de nombreuses épouses, aucune ne semble avoir remplacé dans son cœur la Grande Épouse Royale Néfertari, morte après l'inauguration des temples d'Abou Simbel, même si certains historiens ont envisagé une rivalité entre les deux premières Grandes Épouses Royales Isinofret et Néfertari.

En revanche, nous avons plus de chance avec Ramsès III, victime d'une conspiration dans laquelle fut impliquée son épouse Tyi, qui faisait alors partie du harem.

Un très long papyrus égyptien, le papyrus Harris, découvert au milieu du xixe siècle, que l'on peut aujourd'hui consulter au département des Antiquités égyptiennes du British Museum, relate les faits bruts écrits par le fils et successeur de Ramsès III.

En ce qui concerne Cléopâtre, les sources sont évidemment plus nombreuses mais les historiens anciens étaient peu prolixes. Le plus objectif, Plutarque, évoque le charme de l'Égyptienne, César décrit ses propres séjours en Égypte (*Les Commentaires sur la guerre d'Alexandrie*), Appien l'époque de César et celle qui a suivi sa mort, Athénée de Naucratis les invitations et les réceptions que Cléopâtre donnait en l'honneur d'Antoine à Tarse (*Les Déipnosophistes*).

Dion Cassius rapporte, dans son *Histoire romaine*, quelles provinces Antoine offrit aux enfants de Cléopâtre, comment se déroula la bataille d'Actium et quels furent les derniers instants du couple.

Eutrope consacre des passages de son *Abrégé de l'histoire romaine* à Actium, à la soif de pouvoir de

Cléopâtre et à sa mort ; Suétone, aux relations de Cléopâtre et de César ; Lucain (*La Pharsale*), à l'installation de César à Alexandrie ; Flavius Josèphe aux retrouvailles de Cléopâtre et d'Antoine en Cilicie.

En bon Romain, Cicéron rappelle sa haine pour la reine d'Égypte (*Lettres à Atticus*). Horace (*Odes*, 37) reconnaît le courage de l'Égyptienne, Properce sa fragilité. Lucain brode sur son libertinage, Pline l'Ancien sur ses manœuvres, Appien sur la passion effrénée d'Antoine pour la reine.

Toutefois, comment ajouter foi à des récits prenant parti pour les Romains, souvent hostiles à Cléopâtre ?

Ces histoires d'amour se situent à des époques et sous des dynasties différentes : Néfertiti et Akhenaton sous la XVIIIe dynastie ; Ramsès II et Néfertari sous la XIXe dynastie ; Ramsès III et Tyi sous la XXe dynastie et les amours de Cléopâtre sous les Ptolémées.

Autant d'éléments dont il faut tenir compte pour tenter de mettre en scène la brillante XVIIIe dynastie ou l'Égypte de Cléopâtre.

Néfertiti et Akhenaton s'aiment au moment où l'Empire, riche et opulent, resplendit de tous ses feux. Après l'invasion des Hyksos, ces peuples venus de Syrie qui sont alors dans toutes les mémoires, les Égyptiens ont rétabli la situation. Ils règnent sur un pays prospère qui s'efforce de conserver des liens d'amitié avec les peuples voisins.

Le long règne de Ramsès II sous la XIXe dynastie laisse des marques indélébiles de la grandeur de l'Égypte.

Ramsès III (qui n'a aucun lien de parenté avec Ramsès II) succède à son père, le premier pharaon de la XXe dynastie. Bien qu'il se révèle un brillant défenseur de l'Égypte contre les envahisseurs et qu'il réorganise un pays partant à la dérive, Ramsès III se trouve confronté, à la fin de sa vie, à une ère de troubles : grèves d'ouvriers, problèmes d'argent, complots...

Quant à Cléopâtre VII, elle est la dernière reine de la dynastie des Lagides dont le fondateur, le Grec Ptolémée Ier Sôter, était un général d'Alexandre le Grand. Cléopâtre espère s'imposer à la fin de la dynastie ptolémaïque, pourtant moribonde, alors que Rome a la mainmise sur l'Égypte. Étonnant et admirable courage que celui de cette reine qui lutte pour que son pays ne fasse pas partie d'une province romaine et qui refuse de considérer le pouvoir des pharaons comme définitivement révolu.

Pour toutes ces amours passionnées, éphémères, attendrissantes, fougueuses, calculées et souvent contrariées, qui ont pour décor des périodes de l'histoire exceptionnelles, nous nous trouvons en face de peu de matière et pourtant, quelques lignes en hiératique ou en hiéroglyphes sur un papyrus, l'expression furtive d'un visage sur un bas-relief, un geste sculpté, osé ou courtois, invitent au rêve et laissent la porte ouverte à des sentiments qui ne demandent qu'à revivre au-delà des ans.

Violaine VANOYEKE

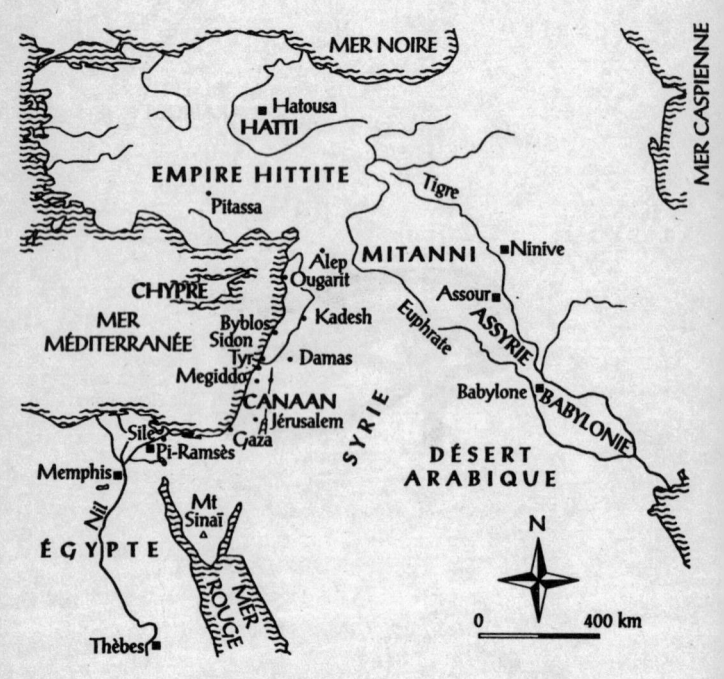

Les anciens pays du Proche-Orient

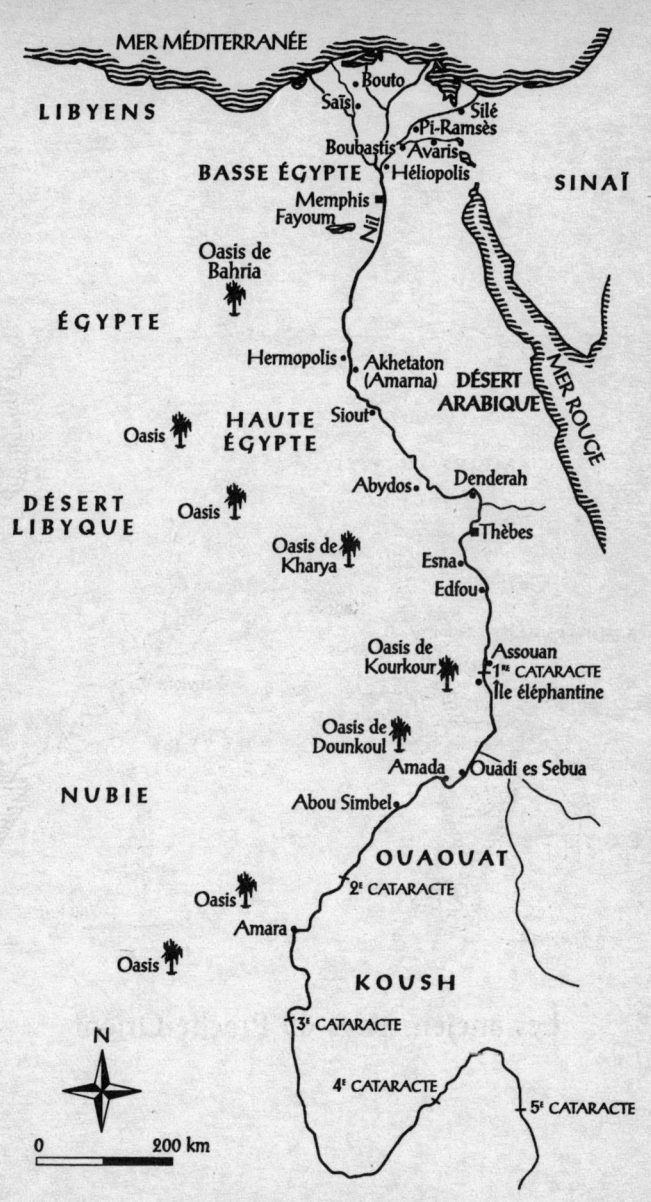

L'Égypte et la Nubie

Néfertiti et Akhenaton

AKHENATON

LE NOUVEL EMPIRE
LES PHARAONS DE LA XVIIIe DYNASTIE
Environ 1552-1300 avant J.-C.
(Les dates sont hypothétiques et approximatives)

Ahmosis Ier
Aménophis Ier
Thoutmosis Ier
Thoutmosis II
Hatshepsout
Thoutmosis III
Aménophis II
Thoutmosis IV
Aménophis III
(env. 1400/1390-env. 1365/1360)
Aménophis IV Akhenaton
(env. 1365/1360-env. 1350/1340)
Semencharê
Toutânkhamon
Ay
Horemheb

ARBRE GÉNÉALOGIQUE DE NÉFERTITI ET D'AKHENATON

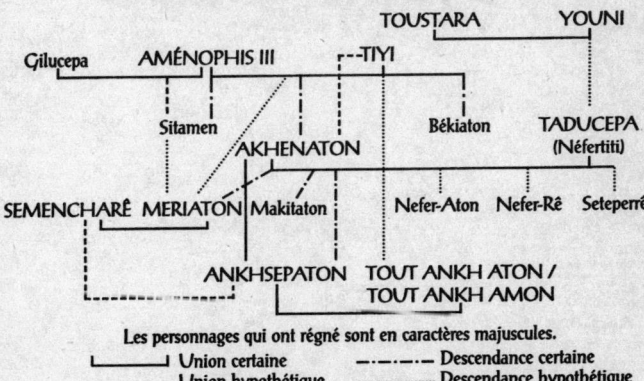

I

En cette trente-cinquième année du règne d'Aménophis III, le jeune Aménophis IV, fils du puissant pharaon, est encore en voyage loin de son pays. S'il commence à bien connaître les régions vassales, ces séjours l'éloignent toutefois de son père qu'il fréquente peu. Il n'a guère plus de complicité avec sa mère Tiyi, que Aménophis III a épousée lorsqu'elle avait une douzaine d'années et qui a donné à l'Empire trois filles et un fils.

La « Reine des deux pays » a pourtant une influence considérable à la cour égyptienne et Aménophis a beau multiplier les dizaines de femmes de son harem, Tiyi demeure l'Unique, la Grande Épouse Royale.

Tousrata, le roi du Mitanni, accueille volontiers Aménophis IV à sa cour. Le fils de Pharaon y fait ainsi la connaissance de la jeune et jolie princesse Taducepa, qui est née à une époque où Aménophis III régnait déjà depuis plus de vingt ans sur l'Égypte.

Le précepteur du prince, Ay, et Tousrata voient d'un œil bienveillant une complicité naître entre les deux enfants, d'autant que leur volonté commune est d'entretenir d'étroits liens d'amitié entre l'Égypte et le Mitanni. Les Égyptiens se souviennent encore de l'invasion de ces peuples, venus de Syrie vers l'an 1700 avant J.-C., qui furent appelés les Hyksos. Après avoir réorganisé leur pays, les souverains égyptiens ont compris qu'il était préférable d'avoir des alliés plutôt que des ennemis et que ces alliances pouvaient être parfois renforcées par des témoignages d'amitié ou des mariages.

La princesse Taducepa est déjà resplendissante de beauté. Ses traits fins, la pureté de son visage à la peau presque transparente, sa minceur, ses cheveux roulés dans une haute coiffe bleue ornée de pierres précieuses rouges, vertes et turquoise qui relèvent la perfection et la délicatesse de ses joues, de son nez et de son menton plaisent au tout jeune Aménophis IV, qui n'est âgé que de treize ans.

La princesse est généralement vêtue d'une robe blanche au tissu léger et au décolleté arrondi souligné de broderies fleuries en or et en pierres semi-précieuses qui laisse deviner ses formes d'adolescente fragile et distinguée.

Afin d'obtenir de l'or de l'Égypte qui en regorge, le roi du Mitanni songe, tout d'abord, à réserver sa fille à Aménophis IV. Mais Aménophis III, qui a déjà reçu du Mitanni Gilucepa, reléguée après son mariage dans le harem royal et dont le père avait autrefois épousé la tante de Tousrata, manifeste de l'intérêt pour la belle Taducepa. Le roi lui en a tant vanté les charmes ! Aussi le pharaon finit-il par envoyer un héraut au roi du Mitanni en le priant de faire venir la princesse auprès de lui.

Le roi promet de lui accorder sa fille à condition que le pharaon lui donne une quantité d'or appréciable. Mais Aménophis III se contente d'offrir au roi des présents si ordinaires que celui-ci fait enfermer son messager. Il n'est libéré qu'au prix le plus fort et repart pour le Mitanni, sitôt revenu en Égypte, afin de sceller le contrat de mariage.

Le pharaon s'engage à envoyer de l'or, de l'argent et des statuettes en ivoire à Tousrata ; le roi du Mitanni donnera à Aménophis III une dot plus importante que celle de Gilucepa. En outre, ils échangeront deux villes entre eux.

Quand il apprend que son père est sur le point d'épouser Taducepa, Aménophis IV proteste. Mais la jeune fille doit se résigner. Elle ne sait rien de son futur époux sinon qu'il a une cinquantaine d'années, qu'il est obèse et qu'il souffre à longueur de journée d'inflammations des gencives.

— En arrivant en Égypte, tu lui remettras cette statuette de la déesse Ishtar la guérisseuse, lui dit son père.

*
* *

Le torse nu, la ceinture de son pagne décorée d'une longue queue de fauve, coiffé d'une couronne bleue, Aménophis III attend avec impatience la belle princesse. Il a décidé de l'appeler « Néfertiti », « une Belle est venue ». Il assiste, selon la tradition, au sacrifice d'un taureau en l'honneur du dieu Amon et se réjouit des nouvelles qu'on lui apporte. La princesse arrivera à Thèbes dès la tombée de la nuit. Des danseurs entourent aussitôt l'autel ensanglanté du sacrifice tandis que les Égyptiens se bousculent, impatients d'admirer celle qu'on dit plus éclatante que le jour.

Le pharaon se fait porter jusqu'aux rives du Nil et voit bientôt le bateau de la princesse glisser sur l'eau. Le soleil doré miroite sur la surface grise du fleuve et sur la frêle embarcation blanche au centre de laquelle se tient la fille de Tousrata, le visage abrité des rayons de Rê. Sur la coque du bateau est écrit *Aton illumine*[1].

---

[1]. Le dieu Soleil Aton était particulièrement vénéré par le peuple du Mitanni.

Des habitations qui longent le Nil, des monuments gigantesques dédiés aux dieux, des bateaux alignés dans le port où les marins ont brusquement cessé de vendre leurs fruits en provenance de Syrie et leur vin grec, s'élève une immense clameur. Le peuple en oublie les senteurs nauséabondes des abords du fleuve.

La princesse quitte son embarcation et rejoint le pharaon, près de qui se tient la reine Tiyi. Leurs nez se rejoignent en un baiser amoureux conforme à la coutume égyptienne. Puis ils gagnent le palais royal.

Taducepa s'émerveille des fresques qui recouvrent les murs et les sols. Toutes représentent des scènes aquatiques ou animalières. L'odeur de l'encens agrémente chaque pièce. Les meubles sont travaillés avec art. Le toit et certains murs sont en bois de cèdre. La « Maison de fête » est aussi resplendissante que le sanctuaire d'Aménophis en grès et en or, aux sols d'argent, auquel on accède par une rue majestueuse.

Le pharaon fait venir les interprètes et explique à la princesse qu'il la présentera au peuple égyptien à l'occasion de la fête d'Opet, pendant laquelle il a coutume de se rendre de Karnak à Louxor dans une longue procession.

Éblouie par les richesses de l'Égypte, Taducepa accepte avec joie. La princesse assiste ainsi aux sacrifices de béliers donnés en l'honneur d'Amon, de son épouse Mout et de son fils Khonsou. Elle se tient à côté de la reine Tiyi, qui lui témoigne la plus vive amitié, ne serait-ce que parce qu'elles sont toutes deux originaires du même pays.

Des danseuses à moitié nues accompagnent le cortège guidé par un musicien et un prêtre au crâne rasé portant un encensoir. Suivent les barques des dieux puis la famille royale.

Malgré la somptuosité de ce cortège symbolisant le premier jour de l'année, les Égyptiens ont les yeux rivés sur la belle princesse si jeune mais déjà pleine d'assurance.

Dès son arrivée, Néfertiti a compris, en voyant son nouvel époux malade, que Tiyi dirige l'Égypte. Aussi s'en est-elle fait une alliée. Et comme si l'intelligence de la princesse était évidente, le peuple l'admire déjà. Il l'acclame au moment où les prêtres prennent à bout de bras les bateaux sacrés et descendent l'escalier de marbre qui mène aux navires plus imposants en or et en argent destinés à porter les barques sacrées jusqu'à Louxor.

Les musiciens accompagnent alors ce cortège en chantant, guidés par un prêtre qui entonne un hymne en l'honneur de Rê et par des soldats armés de lances. Un autre défilé est composé de joueurs de luths, de sistres et de castagnettes. Le peuple ferme la marche.

À Louxor, les barques sont portées jusqu'au temple devant la famille royale qui assiste aux sacrifices.

Taducepa s'émerveille encore de la grandeur de l'édifice qu'Aménophis a fait construire, de la richesse des présents offerts par les délégations et de la majesté de la salle d'offrandes entourée de douze colonnes. Avec sa clairvoyance et sa subtilité, elle se dit sans doute que son époux n'est guère attirant mais qu'il est âgé et qu'elle saura profiter de ces splendeurs égyptiennes.

Mais un autre rituel attend Néfertiti, qui devient en ce jour la première des femmes du harem d'Amon. En tant que prêtresse, elle doit se donner au dieu-pharaon.

Après les réjouissances, Néfertiti suit donc son époux dans une pièce du temple de Louxor sur les murs de laquelle sont peintes des scènes d'amour. Le peuple, exubérant, continue de chanter et de danser avec frénésie. Il se précipite sur les jarres à provisions et les boissons accumulées dans le temple à son intention. Bientôt, des couples se forment, s'embrassent et festoient. Car l'Égypte regorge de richesses et de denrées venues de Syrie, du Liban, de Chypre, des îles grecques, par le Nil, ou de la région du Pont par les routes des caravanes.

Dans la douceur de la nuit, les femmes, à moitié nues, se mêlent aux hommes en pagne. On apporte de l'eau pour se rincer les mains ; on boit de la bière ; on pulvérise sur soi des parfums envoûtants ; on place sur sa chevelure des boules de graisse aux odeurs délicieuses qui, peu à peu, fondent et se répandent sur les corps alanguis.

Les hommes offrent à la femme qu'ils ont choisie pour cette fête d'Opet le bouquet de fleurs qu'ils ont cueilli. Toutes les Égyptiennes ont bientôt la chevelure ornée de fleurs de lotus.

Le vin est puisé dans des amphores innombrables. Les musiciens dansent autour de ces récipients posés sur des supports adaptés sans lesquels ces amphores au bout pointu ne tiendraient pas. La musique est langoureuse et monotone. Luths, harpes, flûtes et timbales invitent au plaisir tandis que des poètes interprètent des chants d'amour ou des saynètes satiriques sur la vie politique.

Il fait maintenant tout à fait nuit. On verse de l'huile pour alimenter les lampes. Des danseuses nues, jeunes et belles, se mettent à onduler des hanches, une simple chaîne d'or enroulée autour de la taille et des chevilles.

Ceux qui ne sont pas venus jusqu'au temple de Louxor festoient chez eux, dans leur propriété au sol de céramique recouvert de tapis doux et épais ou sur les toits-terrasses de leur maison, quand ils ne dansent pas dans leur jardin autour de la pièce d'eau. La salle principale, située au premier étage, équipée de véritables fenêtres et dont le plafond est peint en bleu, résonne des chants des convives. Des cuisines et des offices, regroupés dans des bâtiments annexes, arrivent des plats par dizaines : canards, gigots, fruits. Certains invités manifestent le désir de se baigner nus dans la piscine à toute heure de la nuit.

Mais, dans le temple de Louxor, Néfertiti se retrouve seule face à son nouvel époux qui, quoique malhabile et souffrant, fait preuve, devant la jeunesse et la fraîcheur de la princesse, d'une vigueur insoupçonnée.

Le lendemain, Néfertiti se réveille à l'aube, bien qu'elle ait passé la nuit dans les bras de son époux et qu'elle soit habituée à se coucher tôt.

Le pharaon a ordonné à quelques musiciennes d'éveiller son épouse au son des instruments. Une servante répand autour d'elle des senteurs agréables et retire la toile de lin qui obstrue la fenêtre de sa chambre.

— Tu as raison, dit Néfertiti dans sa propre langue. J'aime voir, dès que j'ouvre les yeux, Rê éblouir la nature.

Elle rejette le drap de lin qui recouvre sa nudité et s'étire de toutes ses forces tandis que des servantes se précipitent vers elle pour lui proposer des sandales, une coiffe, une perruque, des bijoux ou des vêtements. Mais Néfertiti décline leurs propositions. Elle préfère rester nue.

Une suivante se met alors à tirer son lit court en bois d'ébène décoré de pierres précieuses, à taper le matelas d'où s'échappent quelques poils de chèvre et à supprimer les plis de l'étoffe de lin fin sur laquelle l'épouse du pharaon a dormi.

— Je vais tout de suite prendre un bain, dit Néfertiti en faisant des gestes pour se faire comprendre.

La jeune femme, qui n'a pas quinze ans, n'a guère apprécié les élans et les désirs grotesques de son mari. Aussi ressent-elle le besoin de plonger son corps dans l'eau fraîche comme pour le laver de toute souillure.

Elle monte sur le socle où repose la baignoire d'albâtre aux teintes bleutées. Les servantes font aussitôt cercle autour d'elle. Elles apportent les cruches d'or pleines d'eau. Néfertiti pose ses pieds ravissants dans la baignoire en se plaignant du contact glacé de l'albâtre sur sa peau. D'un claquement de doigts, elle donne ensuite l'ordre de l'inonder d'eau pendant que d'autres servantes versent dans le bain des senteurs rares.

Néfertiti s'y attarde plus longtemps qu'à l'accoutumée puis elle livre son corps aux massages de ses suivantes qui répandent sur lui des crèmes et des huiles parfumées. Elle se laisse aller à penser au pharaon, impressionnant avec sa couronne de Haute et Basse Égypte, si lourde à porter qu'Aménophis III ne peut la supporter sans placer au-dessous le *nems*, un foulard rouge et blanc. « Quelle déception ! se dit-elle. Cet homme est plus près de son parcours dans l'Au-delà que de sa jeunesse. »

— Je préfère le vizir Ay, murmure-t-elle. Il est sage et semble m'apprécier. Je sais que mon cher Aménophis IV l'aime beaucoup. Il dirige les troupes, est responsable des archives, des affaires extérieures ; il est aussi architecte, prêtre et secrétaire du pharaon. Un homme sans nul doute très brillant car il m'a raconté un jour qu'il était fils de paysan. Quelle ascension ! Sa femme m'a impressionnée. Je la nommerai « Grande Nourrice aimée de Néfertiti ».

Comme Ay se fait précisément annoncer, Néfertiti revêt une robe si légère que sa peau encore humide colle à l'étoffe transparente.

— J'ai un aveu à te faire, lui dit Ay, et j'espère que tu me pardonneras.

Avant de parler, le conseiller du pharaon ordonne aux servantes de sortir. Ay connaît parfaitement le langage de Néfertiti. Aussi lui dit-il, le plus habilement possible :

— C'est moi qui ai eu la maladresse de parler de toi au Seigneur Aménophis III. De là lui est venue l'idée de te connaître puisque ton père lui avait autrefois proposé de t'échanger contre de l'or. Mais, quand j'ai compris qu'Aménophis IV et toi feriez un merveilleux couple, j'ai regretté d'avoir parlé et ton père a, lui aussi, tenté de revenir sur ses promesses. Malheureusement tous les stratagèmes qu'il a utilisés en demandant plus d'or à Aménophis III ont échoué.

— Je le sais, répond Néfertiti en posant sur lui ses yeux vifs et intelligents.

— Les dieux m'avaient ébloui. Quand tu m'es apparue lors de mon dernier voyage dans le Mitanni, je n'ai pu m'empêcher de te décrire à notre pharaon et j'ai vite compris que je commettais une erreur. Pour la réparer, j'ai ensuite convaincu ton père de retarder ton arrivée à Thèbes en espérant que le pharaon aurait rejoint le monde d'Osiris quand tu parviendrais jusqu'ici.

— Je t'en remercie, dit Néfertiti qui semble au courant de tout. Mais j'ai cru comprendre qu'Aménophis avait insisté...

— Il a écrit très souvent à ton père, l'a supplié, l'a même menacé. Il a cédé à toutes ses exigences pour t'obtenir.

— Or l'Égypte est bien riche et mon père avait besoin d'or...

Ay se montre gêné.

— Ne te trouble pas, dit Néfertiti. Mon père a toujours été très faible devant des monceaux d'or. Au point de me donner à un pharaon vieillissant dans la trente-sixième année de son règne.

— Aménophis III ne vivra plus très longtemps.

— En es-tu sûr ? répond Néfertiti en se dénudant devant le scribe du pharaon afin d'enfiler une tenue plus digne d'une épouse royale.

— Absolument !

— Eh bien, hier, je n'ai pas eu l'impression que le

pharaon était sur le point de nous quitter. Je l'ai même senti très présent cette nuit à mon côté !

Ay rougit et se confond une nouvelle fois en excuses.

— Pourquoi te justifier ? N'est-ce pas le rêve de tant de princesses de devenir épouse du pharaon d'Égypte ? Ne te tracasse plus, par Aton aux rayons perçants et lumineux. La divinité a tracé ma route pour l'Éternité.

II

Néfertiti passe environ deux ans au côté d'Aménophis III avant que le pharaon, Horus, détenteur de la Vérité, Roi de Haute et de Basse Égypte, Fils de Rê, Seigneur de Thèbes, ne soit enterré dans sa tombe royale. Elle a dix-sept ans lorsqu'elle se retrouve seule face à la reine régnante : la puissante Tiyi et s'interroge, non sans frayeur, sur son avenir.

Si elle reste sagement en retrait pendant les cérémonies funéraires, qui durent plus d'un mois, Néfertiti n'en porte pas moins l'ample tunique de deuil. Le protocole et les coutumes égyptiennes lui interdisent de prendre des bains jusqu'à l'enterrement du pharaon et lui imposent, ce qu'elle accepte sans réticence, de se couvrir le visage et les cheveux de poussière.

Dès qu'Aménophis III est inhumé dans la Vallée des Rois, Tiyi, qui est âgée, s'interroge sur la succession de son époux défunt. Si elle a dirigé le pays pendant de nombreuses années, elle non plus n'est pas à l'abri de la mort. En outre, elle se retrouve seule à la tête de l'Égypte. Aussi envisage-t-elle d'épouser son fils, Aménophis IV, qui n'a que seize ans mais qui lui manifeste, lorsqu'il est présent à la cour, de plus en plus de tendresse. Tous deux se font représenter ensemble sur les monuments. Mais, peu à peu, une autre idée germe dans l'esprit de Tiyi, qui éprouve toujours pour Néfertiti une attirance manifeste.

Elle la convoque un jour et lui propose un mariage avec Aménophis IV.

Néfertiti ne peut cacher sa joie. Elle a toujours apprécié le jeune homme et Ay se montre, lui aussi, fort influent dans la décision que prend la reine.

— Tu sais, dit la reine à Néfertiti, qu'une femme égyptienne est tenue de donner à son futur époux une dot conséquente et qu'en retour lui-même apporte au ménage environ le double de cette dot. Dans le cas qui nous concerne, puisque ton père Tousrata t'a déjà donnée à Aménophis III en échange d'une belle part d'or, nous nous contenterons de la dot qu'il avait promise et qui n'est pas négligeable. Toutefois, je te rappelle que cette dot n'est jamais parvenue au palais. Que Tousrata en soit responsable ou non, qu'il ait volontairement tardé à la donner à Aménophis III ou que le convoi ait été attaqué et l'argent volé n'est pas notre affaire. Je vais envoyer un héraut auprès de ton père afin de lui apprendre qu'Aménophis III a commencé sa course dans l'Au-delà et que mon fils t'a choisie comme Grande Épouse Royale. Mais il lui faudra tenir ses promesses !

Consciente que sa situation s'améliore et qu'elle n'a pas intérêt à désobéir à Tiyi, Néfertiti accepte toutes les suggestions de la reine. Elle est même décidée à la laisser prendre encore des décisions si tel est son désir. Ainsi la Mitannienne s'imposera-t-elle d'autant plus facilement à la cour et dans l'ensemble de l'Égypte.

*
* *

Néfertiti devient Grande Épouse Royale pendant la première année du règne d'Aménophis IV. Le couple semble si amoureux que les Égyptiens prennent plaisir à les voir, lors des cérémonies officielles, se tenir la main ou s'embrasser.

L'année suivante, Néfertiti et Aménophis IV ont leur premier enfant. Il s'agit d'une fille qu'ils appellent du doux nom de Mériaton, « chérie d'Aton ».

Néfertiti et Aménophis IV vivent dans le plus grand luxe. Les domestiques qui ont suivi la reine en Égypte sont au nombre de trois cents, auxquels s'ajoutent ceux que son époux lui a donnés. Elle est ainsi servie par plus d'une centaine de servantes, par des nourrices, par des valets et des pages.

Aménophis ne ressent guère la nécessité de garder les multiples femmes de son père. Tiyi l'en dissuade d'autant plus qu'elle juge touchant son amour pour Néfertiti. Mais, en tant que pharaon, le jeune Aménophis fait ses caprices. Ainsi n'accepte-t-il pas que le roi de Babylone oublie lui aussi les présents qu'il avait autrefois promis à son père.

C'est encore le fidèle Ay qui informe Néfertiti des incidents qui risquent d'éclater entre l'Égypte et Babylone. Il se rend dans la pièce attenante à sa chambre où il lui est fréquent de converser avec la reine.

— Tu vas donc laisser pour quelque temps la cour de Thèbes ? l'interroge Néfertiti sur un ton déçu.

— N'est-ce pas mon rôle puisque je suis chargé des affaires extérieures ?

La reine l'approuve d'un hochement de tête. Elle préférerait pourtant qu'il reste auprès d'elle. Car Ay vaut tous les conseillers.

— Ton époux a réclamé au roi de Babylone la princesse autrefois promise à son père Aménophis III.

— Mais tu es déjà parti là-bas pour régler cette affaire !

— Par Isis, j'aurais bien voulu être mieux traité ! En voyant le peu de présents qu'Aménophis lui offrait, le roi de Babylone est entré dans une telle colère qu'il m'a fait incarcérer en criant que son père avait autrefois reçu d'Égypte des dons dignes de lui mais que ceux-là étaient pitoyables !

— Mon père avait également réagi de la sorte.

— Dans le cas présent, je ne puis donner tort au roi de Babylone. J'espère que cette seconde entrevue se passera mieux. Quant à ton père, non seulement il refuse d'envoyer la dot qui avait été promise à Aménophis III, mais il affirme que celui-ci s'était engagé à lui adresser des statues en or et qu'il lui a donné à la place des statues en bois ! Il refuse de libérer les deux messagers que nous avons dépêchés auprès de lui. Un héraut mitannien vient même de transmettre à ton époux une lettre si mécontente que je redoute la réaction d'Aménophis.

— Mon père est si cupide qu'il est prêt à créer un incident diplomatique pour obtenir ces maudites statues !

— Ne pourrais-tu parler à Aménophis ? lui demande Ay, qui sait combien il est difficile pour le pharaon de ne pas répondre favorablement à une prière de sa femme. Sinon, je crains qu'il ne se bute et n'enferme, lui aussi, les messagers de ton père.

Néfertiti réfléchit. Elle n'a pas revu son père depuis son mariage avec Aménophis III et elle n'a guère envie de le revoir. Sa cupidité la laisse indifférente.

— Mon père est un peureux. S'il apprend que ses propres messagers sont retenus prisonniers chez nous, il écrira aussitôt au pharaon pour lui rappeler leurs liens d'amitié et pour proposer un échange de prisonniers.

Mais au moment où Néfertiti achève sa phrase, deux gardes traînent devant elle un homme aux mains liées par une corde.

— Qui vous a donné l'autorisation de pénétrer dans cette pièce ? leur demande sévèrement la reine.

— Moi, répond le pharaon. Cet homme est entré en

Égypte sans autorisation. Il vient du Mitanni. Sans doute comprendras-tu ce qu'il cherche à me dire.

Légèrement rassuré, le Mitannien s'adresse à Néfertiti en la flattant.

— Cet homme n'est pas méchant, finit par dire la reine à son époux. Renvoie-le chez lui et dit à mon père de le punir.

— Quant à toi, Ay, dit le pharaon à son conseiller, prépare-toi ! Je veux voir cette princesse babylonienne dans mon palais au plus tard dans trois mois !

Néfertiti et Aménophis vivent des jours si heureux dans une Égypte opulente que leur bonheur semble partagé par tous les Égyptiens. Le peuple est comblé, lui aussi. Sur les berges du Nil s'alignent de remarquables maisons qui sont autant de petits palais à l'image de celui d'Aménophis. À l'intérieur, resplendissent les meubles ouvragés ornés d'or, d'argent et de pierres, les jardins accueillants, les pièces d'eau autour desquelles jouent les enfants et où flottent des plantes aquatiques, les murs peints de scènes printanières et fraîches.

La reine apprécie tant les jardins qu'elle fait aménager de grands parcs aux plantes rares. Comme elle en a les moyens, elle n'hésite pas à organiser des expéditions lointaines pour ramener des fleurs de tous les pays du monde.

Pendant quatre ans, la reine consacre également une bonne partie de son temps à ses trois filles, la superbe « Chérie d'Aton », la deuxième, qu'elle a appelée Makitaton, « Qu'Aton protège » et la petite dernière, Ankhsepaton, « Celle à qui Aton donne la vie ».

Bien que l'épouse d'Ay serve de nourrice à ses enfants, Néfertiti les prend toujours avec elle dans ses déplacements. Aménophis y tient beaucoup, lui aussi. Il lui arrive rarement de se mettre en colère lorsque ses filles courent entre ses jambes et quand elles dérangent ses rendez-vous.

Les Égyptiens apprécient cette liberté et ces liens étroits qui reflètent ceux qu'ils tissent dans leur propre famille. Lorsque la famille royale sort se promener en char, ils la regardent avec tendresse et s'émerveillent de l'amour des deux époux. Même quand une ombre, comme la rupture du roi de Babylone avec l'Égypte, vient assombrir ce tableau idyllique, les oiseaux n'en finissent plus de chanter et le couple rayonne de félicité. Aménophis préfère de beaucoup la nature à la politique, qu'il laisse à sa mère et à Néfertiti, laquelle s'affirme peu à peu dans ce domaine.

Progressivement, Néfertiti l'initie à l'adoration qu'elle porte au dieu Soleil et Aménophis devient le pharaon de la Vérité. Pourtant, dans le temple d'Amon, la colère couve. Vexés d'être délaissés et méprisés par la reine, les prêtres d'Amon se rebellent.

— Je ne veux plus voir un sanctuaire ou une divinité d'Amon ! s'écrie Néfertiti. Qu'on efface les oies des bas-reliefs ! Ces animaux symbolisant Amon sont laids et hargneux ! J'interdis aux enfants d'appeler leur mère « maman » en public car cette appellation rappelle en tout point le nom de Mout, l'épouse du dieu Amon !

La reine convoque même l'ensemble des scribes du palais et leur donne des ordres précis :

— Je veux que vous recherchiez dans toutes les lettres échangées entre l'Égypte et le Mitanni ou le Hatti les passages qui évoquent le dieu Amon. Effacez-les systématiquement !

*
* *

Néfertiti et Akhenaton

Au début de l'an 4 du règne d'Akhenaton, Néfertiti incite vivement son époux à se rendre dans un endroit agréable où ils ont déjà pris plaisir à se promener. Ce lieu lui plaît. Il est situé au nord de Thèbes. Comme il ne sait rien refuser à son épouse, Aménophis accepte aussitôt et fait préparer le char d'or. Néfertiti y monte et se blottit contre son mari. Il lui faut être plus tendre qu'à l'ordinaire car elle souhaite que son époux trouve l'endroit magique et qu'il accepte d'y faire construire un nouveau palais, plus lumineux, plus beau que celui de Thèbes. Il ne fait pas trop chaud, juste assez pour un voyage agréable.

— Aton guide nos pas, dit-elle à son mari en l'embrassant tendrement.

Puis, comme si elle prenait soudain conscience que le nom du pharaon signifie « Amon est content », elle s'exclame :

— Il faudra songer à changer ton nom. Que dirais-tu de « Aton te plaît », « Aton est heureux » ou plutôt « Aton te guide » : Akhenaton !

Tout d'abord réticent, Aménophis promet d'y songer et d'interroger Ay à ce sujet.

— Le peuple a adopté Aton. Il trouvera normal que tu abandonnes le nom d'Amon, insiste Néfertiti.

— Tu as sans doute raison, dit le pharaon en levant les yeux vers le ciel bleu.

Néfertiti passe alors son bras autour de la taille de son époux, qui est vêtu d'un simple pagne, et penche sa tête sur son épaule. Couronnés de leur haute coiffe en cuir, tous deux lancent leurs chevaux au galop. Ils ne font bientôt plus qu'un dans leur course folle sous le soleil et semblent partir vers l'horizon pour y disparaître à tout jamais, soulevant le sable du désert dans un nuage d'or.

Leur char aux roues fragiles, leurs bracelets, les plumes dorées coiffant les têtes de leurs chevaux, tout sur eux, tout en eux resplendit de la couleur d'Aton.

III

Quand Néfertiti et Aménophis achèvent leur course à travers le pays pour s'immobiliser devant le paysage choisi par la reine, les prêtres d'Aton et les fonctionnaires ont déjà terminé les préparatifs de la fête qu'ils ont décidé de donner en leur honneur. Des dizaines d'animaux prêts à être sacrifiés, des milliers de mets ont été rassemblés.

— Que signifie ceci ? s'étonne Aménophis, mi-surpris, mi-excité par le tableau qui s'offre à lui.

— Ne devines-tu pas ? lui demande doucement Néfertiti en déposant un baiser sur ses lèvres. Les principaux personnages du palais se sont réunis ici pour y donner la plus somptueuse des fêtes !

Tous les courtisans s'agenouillent et saluent bas leur pharaon et leur reine bien-aimée. Tandis qu'Aménophis aide Néfertiti à descendre du char, l'un des courtisans, plus zélé que les autres, crie de sa voix aiguë :

— Vive le Seigneur des deux Égyptes, fils de Rê et de la Vérité ! Vive notre reine, belle, grande, bonne, à la voix d'or et à la parole que l'on écoute, aimée plus que toutes, Grande Épouse Royale, Néfertiti !

Le peuple acclame à son tour ses souverains. Il est comblé de les voir de si près et de constater, une fois encore, combien ils s'aiment. Quand leurs deux fillettes, Mériaton et Makitaton, qui sont arrivées avant leurs parents pour ménager la surprise à leur père, courent au-devant d'eux pour se précipiter dans leurs bras, les Égyptiennes crient :

— Vive Néfertiti, excellente et douce !

Mériaton prend sa mère par la main et Makitaton son père par le bras. Toutes deux les accompagnent jusqu'à l'estrade sur laquelle ont été déposés deux trônes aux accoudoirs dorés. De chaque côté se tiennent des serviteurs noirs qui portent des ombrelles et agitent des plumes afin de chasser les mouches.

Alors s'avancent les soldats en rang que le pharaon observe attentivement. Puis les conseillers du roi défilent. Chacun vient le saluer. Assise à sa droite, Néfertiti caresse discrètement sa main.

— Aton a choisi cet endroit pour que tu y fasses élever un temple et un palais, lui dit-elle. Je l'ai rêvé. Aton a décidé. Sa ville s'appellera Akhetaton !

Aménophis apprécie les sacrifices qui suivent. Il y découvre de la beauté alors qu'il détestait les sacrifices humains que son père faisait en l'honneur d'Amon. Aton est un dieu pacifique et esthète, le dieu de la lumière et de la vie.

— Vive Aton ! dit ensuite le pharaon, impressionné par les convictions de la reine. Que sa ville soit construite ici même !

Les courtisans et les fonctionnaires se jettent à terre pour saluer le Soleil et entonnent des hymnes.

À ce moment Néfertiti se penche vers son époux et murmure en lui prenant le bras :

— Dis-leur combien Aton est dispensateur de bien et de beauté ! Lève-toi et parle-leur ! Salue les rayons de Rê qui nous inondent de chaleur.

Aménophis se lève alors et s'adresse avec enthousiasme au peuple rassemblé. Il loue les bienfaits de Rê et annonce que les réjouissances prévues pour la création de la ville d'Akhetaton vont être éblouissantes comme le Soleil.

Tous les Égyptiens l'acclament à grands cris.

— À Héliopolis, où il nous plaît de séjourner, se trouve aussi un temple dédié à Aton. Je souhaite que celui-ci soit plus grand et plus resplendissant.

Après avoir pris une collation, Aménophis appelle l'un de ses scribes et lui parle à l'écart.

— Je veux que mon discours soit reproduit en entier sur les murs de ce futur temple. Prends-en bonne note.

Le scribe s'assoit en tailleur et déroule un long papyrus sur ses genoux avant de sortir son matériel de travail.

Le pharaon dicte en tentant de se souvenir des paroles spontanées et émerveillées qu'il a prononcées :

— Aton a indiqué l'endroit où il souhaitait voir construire son palais. Ce lieu est entouré d'une montagne. Mon divin père Rê y recevra de nombreux sacrifices. Ici seront donc élevés un grand temple et un petit temple mais aussi un palais pour moi-même et un autre pour la Grande Épouse Royale Néfer-Aton, Néfertiti. Mon tombeau sera creusé dans la montagne et j'y vivrai pour l'Éternité. La tombe de Néfertiti sera également creusée à cet endroit. Là seront inhumées les princesses, nos filles. Même si nous mourons ailleurs, nos corps seront ramenés et enterrés ici. Si je rejoins Osiris loin du temple d'Aton, que ce soit au nord, à l'est ou à l'ouest d'Akhetaton, que la famille royale choisisse ici mon sanctuaire de millions d'années. Si l'Épouse Royale rejoint Osiris loin du temple d'Aton, que ce soit au nord, à l'est ou à l'ouest d'Akhetaton, que la famille royale choisisse ici son sanctuaire de millions d'années. Qu'il soit fait de même pour les princesses, nos filles.

Aménophis s'interrompt quelques instants et réfléchit. Puis il ajoute :

— Qu'une métropole soit établie dans la montagne

en l'honneur du taureau, symbole de Rê ! Que les prêtres et tout le clergé d'Aton soient également ensevelis à cet endroit ! Que les fonctionnaires y aient une tombe à l'est d'Akhetaton !

Néfertiti le rejoint au moment où le pharaon achève de dicter. En entendant ses derniers mots, elle se rapproche amoureusement de lui et le remercie doucement.

— Tu ne peux savoir à quel point tu me combles en adoptant le dieu que je vénère, lui dit-elle.

— Je pense que c'est le dieu de la luminosité et de la paix.

— Aujourd'hui, tu t'es montré encore plus merveilleux que d'habitude car tu as accepté la construction de ce temple sans émettre une remarque.

— Les dieux ne t'avaient-ils pas envoyé un rêve à ce sujet ? lui dit Aménophis en la regardant entre ses cils.

— C'est exact, *Akhenaton,* lui répond Néfertiti.

Tous deux rient de ce nouveau nom tandis que le crépuscule tombe sur le Nil. Les Égyptiens dansent. Certains jouent aux dés ou aux dames à la lueur vacillante des lampes. Ils ont déplié leur damier et se sont installés à terre, en plaçant un coussin sous eux. La plupart boivent abondamment.

Des enfants sautent par-dessus le dos de leurs camarades qui se tiennent accroupis. D'autres se mesurent à la course. Des fillettes s'exercent à la balle ou écoutent des scribes leur raconter des histoires de magiciens en tentant de les retenir par cœur.

De toutes jeunes filles ont attaché des boules à leurs cheveux. Elles dansent et chantent en brandissant un miroir ou un bâton tendu vers le ciel, comme si elles invoquaient le lever de l'astre fêté.

L'air est empli d'odeurs de grillades et de sauces. Les mets sont placés à l'abri des mouches et de la poussière. Les serviteurs puisent la bière dans les

Néfertiti et Akhenaton

jarres. De larges coupes d'or débordent de fruits appétissants.

Les cuisses des animaux sacrifiés sont alors offertes au pharaon. Néfertiti mord à pleines dents dans une aile de volaille et déguste un gâteau avec gourmandise. Elle refuse de se tenir à l'écart des personnalités et du peuple qui fêtent tous en commun Aton le lumineux.

Dès la quatrième année de son règne, le pharaon, qui a définitivement adopté le nom d'Akhenaton, se met à souffrir d'une maladie qui le rend agressif. Alors qu'il n'est âgé que de vingt ans, il supporte difficilement ce mal qui le diminue face à la belle Néfertiti qui, à vingt et un ans, resplendit de toute sa beauté.

Akhenaton maigrit étrangement. Ses jambes et ses bras deviennent squelettiques. Sa poitrine gonfle. Son bassin s'affaisse et s'élargit. Plus Néfertiti s'épanouit, plus Akhenaton s'enlaidit. Le contraste est bientôt si surprenant que les railleries n'épargnent pas le pharaon, qui n'ose plus apparaître en public. Des rumeurs courent sur d'éventuelles amours de Néfertiti pour d'autres hommes. Mais la reine se montre, au contraire, de plus en plus attachée à Akhenaton. Plus il présente de dégradations physiques, plus elle l'entoure et lui témoigne de l'affection.

Au fil des ans, le caractère d'Akhenaton devient pourtant insupportable. Il est constamment irritable, passe de la dépression à l'apathie, s'emporte parfois sans raison.

— Je ne te reconnais plus, lui dit Néfertiti, qui emploie son temps à l'apaiser. Tu étais si doux, si calme ! Toi qui n'as jamais eu un mot plus haut que l'autre, qui détestes la guerre, la chasse, les sacrifices, qui ne donnes jamais l'ordre de tuer les prisonniers, qui prends plaisir à faire peindre sur les murs des scènes d'amour pour que chacun soit imprégné de bien-être et de joie.

Les paroles de Néfertiti laissent le pharaon de marbre. Rien ne l'incite plus à sourire. Il se lasse de tout, ne supporte plus ni les jeux de patience ni les chants des meilleurs artistes. Il mange souvent seul ou en compagnie de la reine afin d'éviter les commentaires sur son physique disgracieux. Il refuse même parfois de voir ses filles.

— Je suis un monstre, dit-il un jour à son épouse.

— Oublie cette apparence que les dieux t'ont donnée, lui répond maternellement Néfertiti. Tu as une âme bonne. Rê t'a transmis l'essentiel.

— Cesse de me parler comme si j'étais ton fils, lui dit Akhenaton. Tu ne vois plus en moi un époux mais un enfant pitoyable à qui tu prodigues ton amour parce que tu n'oses l'enfermer loin des regards d'autrui.

La reine l'assure qu'il se trompe. Elle lui rappelle que la cité d'Akhetaton va être achevée et qu'ils pourront l'inaugurer tous les deux.

— Je ne souhaite plus m'exposer aux regards ni aux rayons du soleil, lui répond Akhenaton. Plus il brille sur moi, plus je me sens laid.

Akhenaton se rend pourtant, malgré lui, à l'inauguration de la ville d'Aton, située entre Thèbes et Memphis. Akhetaton devient également le nouveau lieu de résidence du couple royal.

Trois ans ont été nécessaires à sa construction. À l'exception des briques de limon, les matériaux ont été apportés de loin et ont été taillés dans des ateliers aménagés.

En arrivant par le Nil aux abords de la ville, Néfertiti ne peut cacher sa fierté d'être l'initiatrice d'une si grande réussite.

Dès que le couple royal met le pied sur le sol, le chef de chantier se précipite pour saluer le pharaon.

— Bakh, lui dit ce dernier, tu sembles avoir réalisé un chef-d'œuvre. La reine a hâte de visiter l'enceinte d'Aton.

Le responsable du chantier s'efface aussitôt et propose de leur servir de guide.

Le couple s'engage dans la rue principale qui suit les méandres du Nil et qui dessert les bâtiments les plus imposants de la ville, dont la plupart peuvent ainsi être vus du fleuve. Au sud se trouve le petit palais d'Aton, près d'un lac aménagé. Néfertiti admire au passage les magnifiques demeures qui bordent déjà la route.

— Elles sont inhabitées jusqu'à aujourd'hui, leur dit Bakh, mais demain, elles s'animeront tout comme cette dépendance du sanctuaire d'Aton.

Le chef de chantier traverse la route et se plante devant une magnifique salle.

— Voilà, j'imagine, la pièce réservée aux audiences du pharaon.

— Tu as deviné, aimée d'Aton, reine des deux Égyptes.

Le couple poursuit son chemin. Néfertiti est comblée, Akhenaton semble absent. Il se contente de hocher la tête chaque fois que le petit Égyptien râblé lui adresse la parole. Ils passent tous les trois sous un pont séparant les appartements royaux des autres salles du palais. Le peuple y est déjà massé. Il appelle à grands cris la belle Néfertiti, qui s'empresse de lui répondre par de grands gestes.

— Dans ce pont est ménagé une ouverture. C'est une fenêtre où vous pourrez apparaître quand bon vous semblera pour distribuer des récompenses ou saluer le peuple.

— Voilà une excellente idée, reconnaît Néfertiti en

levant les deux bras pour rendre leur salut aux enfants qui trépignent sur le pont.

— Ils vont être ravis, lui dit Bakh, car vous allez être obligés de les rejoindre pour entrer chez vous. Il nous faut, en effet, emprunter ce chemin qui grimpe pour accéder à vos appartements.

Le pharaon remonte dans son char au côté de la reine, qui s'est empressée de reprendre sa place afin de visiter le palais privé au plus tôt. Ils arrivent rapidement dans un grand parc où des valets les aident à descendre.

— Ils vont prendre soin de vos chevaux, leur dit Bakh. Tout est aménagé pour cela. Voilà les magasins à provisions et à jarres. Là se trouve l'autel.

Le couple passe un premier pylône et pénètre dans une deuxième cour avant de passer un second pylône.

— Le sanctuaire ! s'exclame Néfertiti.

Le lieu sacré est entouré d'arbres. Pour la première fois, le pharaon paraît sensible au charme du lieu.

— Je savais que tu sourirais aujourd'hui, lui dit Néfertiti en l'embrassant.

Ils traversent de nouveau une cour avant de parvenir à un portique menant à une salle entourée de colonnes. Puis ils arrivent, enfin, après avoir passé une autre cour, à leur chambre à coucher.

Le pharaon s'étonne d'y voir un grand lit.

— C'est ma surprise, lui dit Néfertiti. Alors que la plupart des couples dorment dans des chambres séparées, j'ai pensé qu'il valait mieux que nous conservions nos habitudes.

Akhenaton lève les yeux vers le plafond jaune et reste sans réaction.

— Le petit bâtiment où dormiront les princesses est juste à côté, ajoute Bakh, gêné.

Néfertiti admire les sols et les murs recouverts de scènes fraîches comme les aime Akhenaton. Partout, des oiseaux, des insectes et des poissons apportent de la gaieté. Le haut des colonnes resplendit d'or.

— Ce palais est moins imposant que celui de Thèbes, remarque Akhenaton, un peu déçu.

— Mais il est plus attachant.

Pour finir sa visite, le couple se rend dans le temple d'Aton, où ont été construites plusieurs salles destinées à honorer le dieu. Néfertiti pénètre dans la salle hypostyle, puis elle passe des pylônes et traverse des cours, laissant derrière elle les salles à offrandes qui encadrent la salle hypostyle.

Comme le pharaon refuse de la suivre, elle se rend dans la pièce des sacrifices puis dans une autre cour où trônent, majestueuses, quatre statues d'Akhenaton. Non loin de là, elle recevra les tributs des alliés étrangers.

En sortant, court une rue flanquée de villas habitées. Là, logent les fonctionnaires du palais. Certains sont déjà sur place : le chef militaire Ramos, le grand prêtre Pouh, le vizir Neth. Tous se précipitent pour saluer leurs souverains.

— Je vous attendais demain, dit le vizir en s'excusant maintes fois de n'avoir pas été les accueillir à la descente du bateau.

— C'est parce que nous n'avons pas fait tout le voyage sur le Nil. Avant de nous embarquer, nous avons parcouru la plaine en char ! dit Néfertiti, joyeuse. Le pharaon fait des merveilles quand il tient les rênes d'un cheval !

IV

Petit à petit, la ville s'accroît. Les habitants accourent à Akhetaton. Au nord de la cité s'installent de nombreux commerçants, des marchands de vin, des artisans, des employés qui acheminent jusqu'à leurs boutiques les denrées débarquées sur les rives du Nil. Ils habitent des maisons ordinaires qui tranchent avec le luxe du palais de Néfertiti.

La reine voit avec satisfaction sa ville se peupler et son activité foisonner. Elle passe le plus clair de son temps près du lac proche de la salle du trône. Akhenaton prend plaisir à contempler tout près les animaux qui courent en liberté dans le parc immense.

Le pharaon ne quitte guère les viviers et les volières, ne se lassant jamais de contempler les animaux qui s'y ébattent. Il conduit parfois son char en direction du sud, où il emprunte une barque frêle. Sur le lac artificiel, il contemple en somnolant les arbres et les bosquets d'où jaillissent ici et là les toits des maisons.

Toute la journée, dans la cité d'Akhetaton, retentissent les bruits secs des outils sur les parois rocheuses. Car chacun pense déjà à sa sépulture et à sa vie dans l'Au-delà. Celui qui attache le plus de prix à cette sépulture après Néfertiti, Akhenaton et leurs filles, est sans doute Ay, auprès de qui Néfertiti trouve du réconfort lorsque son époux part, solitaire, pour le lac du sud.

Ay est l'homme de tous les instants. Il est présent auprès du couple royal lorsque celui-ci donne des audiences publiques, en recevant soit les doléances des fonctionnaires égyptiens, soit les ambassadeurs étrangers, quand les prêtres font des sacrifices, quand le valet brosse les chevaux d'Akhenaton, quand les provisions arrivent au palais.

Depuis la mort d'Aménophis III, Ay, qui avait précédemment de très multiples fonctions, s'est vu confirmé dans ses charges ou a acquis d'autres titres. Il est ainsi à la fois responsable des chevaux du pharaon et chef de la charrerie. Mais, à ces responsabilités s'en ajoutent d'autres, tout aussi importantes, car il est avant tout le scribe personnel d'Akhenaton.

Bien qu'elle l'ait longtemps apprécié sans réserve, il arrive à Néfertiti de se heurter parfois à cet homme sage qui, à son goût, prend trop d'importance. Mais Akhenaton défend toujours son conseiller.

— Il est si prévenant, si efficace ! rétorque-t-il à la reine. A-t-il été un seul jour jaloux de quelqu'un ? Il exécute mes ordres et les tiens. Il respecte la justice et les lois.

La reine, qui est plus subtile que son époux et qui commence à devenir une habile politique, se méfie parfois de l'onctuosité d'Ay. Elle le trouve trop serviable, trop disponible. Aussi se rapproche-t-elle peu à peu d'un autre fonctionnaire presque aussi influent qu'Ay : Mirirê, qui est à la fois responsable du Trésor, chef du harem de Néfertiti, scribe particulier et grand prêtre d'Aton, ce qui est une charge considérable à une époque où seul compte le dieu Aton.

L'élément qui rapproche encore Néfertiti et Akhenaton, dont le couple connaît, par ailleurs, bien des désaccords, est leur attirance pour l'art et la nature. Tous deux se rendent régulièrement dans l'atelier de Bakh le sculpteur lorsqu'il revient de ses expéditions en ramenant des matériaux parfois gigantesques, de la plus belle qualité. Comme il travaille sur deux statues du couple royal qu'il a décidé de placer à l'entrée du palais, il a demandé à la reine de venir donner son avis sur l'avancée des travaux.

Néfertiti et Akhenaton se rendent chez Bakh avec joie. Ils ont hâte de voir les chefs-d'œuvre qu'il a réalisés.

— Cette façade a besoin d'être rehaussée par des statues exceptionnelles taillées dans la pierre la plus resplendissante, leur dit celui-ci avec entrain.

Actif malgré son embonpoint, suant en sculptant la pierre avec ardeur, il aime tellement son travail qu'il ne se repose jamais.

Les visages du couple sont déjà bien dessinés. Néfertiti apprécie la majesté qu'il a su leur inculquer, Akhenaton le détail des sourcils et du nez.

Puis le couple, comblé, se rend chez l'autre sculpteur important d'Akhetaton, le maître Thoutmès, dont les ateliers feraient pâlir de jalousie tout petit artisan thébain.

— Bakh nous dit qu'il aurait besoin de ton concours, lui dit le pharaon. Quel réalisme il a su placer dans ses statues ! Je ne veux pas être représenté comme un dieu mais tel que je suis ! Nos regards expriment des sentiments ! Je souhaite que, toi aussi, tu me sculptes en compagnie de la reine ou de mes filles lorsqu'elles viennent sur mes genoux pendant les audiences, quand Néfertiti m'embrasse, quand nous nous promenons, quand nous filons en char dans la plaine. J'admire tes lignes pures et harmonieuses !

Thoutmès fixe sur lui ses yeux intelligents. Il va chercher ensuite un récipient et le dépose aux pieds d'Akhenaton avec un air mystérieux.

— Tu me fais confiance et je t'en remercie, aimé de Rê, dit-il au pharaon. Mon assistant va vous aider à vous allonger. Moi aussi, j'ai une idée qui vous plaira.

Intriguée, Néfertiti s'allonge la première sur un lit recouvert d'un linge en lin. Le sculpteur lave son visage puis dépose dessus une couche de papyrus et une pâte liquide et épaisse. La mixture durcit bientôt.

— Et voilà ! dit Thoutmès avec fierté. Un masque en plâtre. Ainsi le visage de ma reine sera-t-il conforme à la réalité.

Akhenaton est incroyablement surpris.

— Tu as trouvé ! crie-t-il. Oui ! Tu as trouvé la manière dont on peut se rapprocher le plus possible de la Vérité !

Le sculpteur affine le masque en redessinant les yeux, les sourcils et la bouche de Néfertiti avec la pointe de ses ciseaux.

Ce soir-là, quand ils rentrent dans leurs appartements privés, Akhenaton et Néfertiti se retrouvent comme autrefois. Ils sont si proches l'un de l'autre et si heureux qu'ils en oublient les problèmes de santé du pharaon.

— Demain sera un grand jour, lui dit Akhenaton en la serrant dans ses bras, ce sera la fête du Soleil de la douzième année de mon règne, et je veux m'en donner à cœur joie !

**

Malheureusement, quelque temps plus tard, meurt la princesse Makitaton. Très attristé, le pharaon prend une décision capitale. Il informe Néfertiti que sa fille aînée épousera un dénommé Sémencharê, qui ne quitte plus guère le pharaon et qui n'est pourtant que le fils d'une concubine du harem.

Bien qu'elle soit opposée à ce mariage, Néfertiti

comprend qu'il vaut mieux s'en tenir aux volontés du roi, qui n'ont jamais été aussi affirmées. Elle a surpris d'étranges regards entre le pharaon et ce tout jeune homme. Cette attitude du roi l'étonne de jour en jour davantage.

Peu à peu, le pharaon délaisse sa couche pour dormir dans une pièce annexe.

Néfertiti se sent si seule qu'elle fait venir auprès d'elle le sculpteur Thoutmès car le désaccord des deux époux incite les courtisans à prendre le parti de l'un ou de l'autre, si bien que l'atmosphère du palais devient irrespirable.

Thoutmès se rend donc dans les appartements royaux plusieurs fois par mois. Il s'entretient avec la reine sur l'art et ses limites, fait des moulages de son visage, la représente nue. Bientôt, une grande amitié naît entre l'artiste et son modèle. Sans doute le sculpteur est-il amoureux sans oser l'avouer. Car il éprouve aussi pour la reine une grande pitié. Néfertiti vit maintenant seule dans la partie nord du palais. Elle n'a même pas la consolation d'avoir à ses côtés sa fille morte avant l'âge de dix ans. Son aînée fréquente son père davantage que sa mère. Quant à la plus jeune des trois, elle n'a guère l'âge de comprendre.

Bientôt, la rupture entre les deux époux s'accentue. Mériaton remplace sa mère sur tous les monuments. C'est encore Thoutmès qui apprend à Néfertiti la triste nouvelle. Il arrive un jour au palais, essoufflé d'avoir trop couru.

— Des serviteurs sont en train de détruire tes représentations à coups de marteau ! Comment peut-on abîmer un si beau visage, un corps si harmonieux et si frêle ? Dans tes cartouches ont été inscrits les titres de ta fille. Les peintures te représentant ont été recouvertes d'une couche de plâtre. Sémencharê et Mériaton te remplacent maintenant sur les effigies au côté de Pharaon !

— Séméncharê est-il donc l'époux de ma fille ou celui de mon mari ?

Le sculpteur paraît embarrassé.

— Le pharaon nous a demandé de lui donner un visage efféminé et de marquer au-dessous de son image « Celui que Néfer aime » et... « Celui qui est aimé d'Akhenaton ».

Néfertiti a un petit rire moqueur.

— Qu'il soit la nouvelle femme de mon époux ne me gênerait pas si ce petit insolent n'insultait pas le dieu Aton. Il déteste le dieu du Soleil, n'est-ce pas ?

— Je le crois enclin à honorer plusieurs dieux, lui répond Thoutmès.

— Comme autrefois. Tout cela est bien triste mais il faut trouver un remède, et vite ! Thoutmès, j'ai confiance en toi. Tu vas commencer la construction d'un petit palais au nord de celui-ci. Je veux m'éloigner le plus possible de mon mari et de son giton.

— Mais tu pourrais, reine bien-aimée, te rendre dans ta résidence de Memphis ou dans ton palais de Thèbes...

— Il n'en est pas question ! Cet affreux Séméncharê fait, dit-on, construire un temple en l'honneur d'Amon à Thèbes même ! Je veux rester dans la ville d'Aton. Ne crois pas que je vais accepter sans broncher cette situation. Je vais envoyer un message au roi du Hatti. Sans doute comprendra-t-il que celui qui m'épousera aura de grandes chances de devenir pharaon !

Thoutmès cache difficilement sa déception.

— Le roi du Hatti sera surpris de recevoir un message de ta part, dit-il. Tu t'es tant tenue à l'écart ces derniers mois que le reste du monde te croit morte ! Aucun monument ne porte plus ton nom ni ton effigie !

— Raison de plus pour réapparaître. D'ailleurs, pourquoi attendre ?

Elle appelle aussitôt un scribe et son fidèle Mirirê. Puis elle dicte :

— Mon mari est malade. Quand il mourra, je ne pourrai épouser l'un de mes fils puisque je n'en ai pas. En revanche, on raconte que tes fils sont grands. Si tu m'envoies l'un d'entre eux à la mort de mon époux, il deviendra mon mari et le pharaon d'Égypte car je ne prendrai aucun Égyptien vivant dans ce palais pour en faire mon époux.

— Es-tu bien sûre de ne pas revenir sur cette décision ? lui demande Mirirê, inquiet.

— Oui ! dit Néfertiti en expliquant au scribe que ce message doit être adressé à Choupiloulouma, le roi des Hittites.

— Pourquoi choisir le Hatti ? rétorque Mirirê. Tu sais bien que l'Égypte n'entretient pas d'excellentes relations avec ce pays.

— Mais il vénère Aton. En outre, il serait temps que l'Égypte et le Hatti forment une grande puissance.

— Pourquoi ne parles-tu pas à ton père ?

— Je crois qu'il est mort. L'un de mes frères, que je ne connais même pas, l'aurait tué. Mirirê, l'Égypte est dirigée par un malade et un efféminé. Elle va à sa perte ! Si une armée débarque demain ici, l'Empire disparaîtra.

Le conseiller l'approuve. Il ne connaît que trop la triste réalité. Mais, à cet instant précis, leur arrive une incroyable nouvelle.

— Le mari de ta fille aînée vient de mourir ! dit un scribe en pénétrant dans la pièce.

— Si jeune ! répond Néfertiti avec un sourire. Et elle ajoute, inquiète :

— En es-tu sûr ?

— Je suis formel.

— Envoie-t-on le message au roi du Hatti ? demande alors Mirirê en souriant lui aussi.

— Retardons le, répond la reine.

Mais en voyant l'attitude adoptée par son mari dans les jours qui suivent, Néfertiti décide finalement d'envoyer la missive.

Un ambassadeur hittite se présente à son palais quelques mois plus tard. Akhenaton vient de mourir subitement. Aussi Néfertiti comprend-elle l'urgence de la situation. Un couple royal doit diriger le pays.

Elle reçoit l'ambassadeur hittite avec les plus grands égards et lui remet un message disant qu'elle ne cherche pas à tendre un piège au Hatti mais qu'elle a vraiment l'intention d'épouser un fils du roi hittite, qu'elle n'a écrit à aucun autre souverain et qu'elle n'aurait pas fait cette démarche humiliante si elle avait eu un fils.

L'ambassadeur hittite repart pour son pays en compagnie d'un héraut égyptien avec la mission d'aller vite car Néfertiti veut se remarier au plus tôt. Mais les jours puis les semaines qui suivent paraissent longs à la reine d'Égypte. Son messager ne revient pas.

— Ma pauvre chérie, dit-elle à sa fille cadette, avec qui elle entretient des rapports privilégiés, nos hérauts ont sans doute été attaqués. Peut-être ont-ils été interceptés par des partisans d'Amon ? Peut-être notre messager a-t-il été emprisonné par le roi du Hatti ?

Comme les jours passent, Néfertiti finit par se résoudre à épouser un Égyptien. Elle songe à un enfant de onze ans qui vit auprès d'elle dans le palais du nord et qui s'appelle Tout Ankh Aton. Mais elle attend encore dans l'espoir de voir arriver un fils du roi hittite.

Enfin, des nouvelles parviennent à Akhetaton. La rumeur court que le fils du roi hittite, Zananza, qui était en route pour l'Égypte, a été tué dans un attentat. Le roi, son père, menace d'envahir l'Égypte.

Néfertiti n'a guère le temps de s'interroger sur cette mort curieuse. Elle écarte l'hypothèse des pillards et songe plutôt à un piège organisé par des prêtres d'Amon ou par Ay, qu'elle trouve de plus en plus suspect.

— C'est toi qui vas épouser Tout Ankh Aton ! dit-elle à sa fille. Tu n'as que deux ans de plus que lui. Tu as été concubine du pharaon. À trente-cinq ans, je suis trop vieille pour lui !

Néfertiti espère ainsi gouverner en toute tranquillité. Que peuvent deux enfants à la tête d'un pays ? Mais elle se rend bientôt compte qu'elle se berce d'illusions car, de même qu'Ay l'avait autrefois soutenue, de même il manœuvre le jeune Tout Ankh Aton, qui est également influencé par le chef d'armée Horemheb.

Néfertiti sait que tous deux vouent un culte à Amon et qu'ils incitent le jeune garçon à restaurer le culte du dieu.

Tout Ankh Aton part bientôt habiter à Memphis avec sa jeune épouse qui n'ose le contrarier. Là, Horemheb l'encourage à faire reconstruire des temples en l'honneur d'Amon. De l'or y est apporté en abondance. Le jeune pharaon fait fabriquer de nouvelles barques pour le dieu Amon et le dieu Ptah. Il réaménage les temples, fait élever des statues et ouvrir des écoles de prêtres.

Dans la troisième année du règne de Tout Ankh Aton, qui change son nom en Tout Ankh Amon, le couple royal retourne vivre dans le palais d'Aménophis III à Thèbes. Tous les Égyptiens le suivent et désertent Akhetaton, qui devient une ville morte. Seule y reste Néfertiti, la reine maudite, qui a été si adulée. Mais l'ancienne reine se refuse à aller à Thèbes. Qu'y ferait-elle ? Sa ville est Akhetaton.

Le sculpteur Thoutmès est l'un des rares à l'adorer encore tandis que l'ensemble de la population se courbe devant l'ambassadeur des rois, le grand scribe, le conseiller indispensable, Horemheb, qui commande des soldats prêts à imposer leur général dans le pays.

Néfertiti meurt à l'âge de trente-huit ans[1], seule, abandonnée, haïe. Tout ce qu'elle a construit va être détruit en l'espace de quelques années. Qu'il est loin le temps où, sur un char d'apparat lancé au galop, tendrement enlacés, le jeune et bel Akhenaton et la lumineuse reine Néfertiti s'embrassaient dans un nuage de poussière ensoleillée...

Après le décès de Tout Ankh Amon, qui meurt probablement assassiné, Ay monte sur le trône pour quatre ans. Celui-ci épouse peut-être la troisième fille de Néfertiti. Il semble, en tout cas, régner avec elle. Horemheb détruit tous les monuments construits en l'honneur du dieu Aton. Il fait raser le temple de Néfertiti à Karnak et utilise, pour la construction des monuments en l'honneur d'Amon, les matériaux disponibles à Akhetaton qui, après avoir été une ville vide, devient une cité en ruine.

Horemheb épouse une sœur de Néfertiti, Moutnédémet, que la reine voyait au palais d'Akhetaton. Il règne à son tour pendant trente ans et laisse le souvenir d'un souverain impitoyable.

Afin de protéger sa vie dans l'Au-delà, Néfertiti se fit enterrer dans un endroit secret dont l'emplacement conserve tout son mystère.

---

1. Cet âge reste néanmoins hypothétique.

Ramsès II
et
Néfertari

RAMSÈS II

LE NOUVEL EMPIRE
LES PHARAONS DE LA XIXᵉ DYNASTIE
Environ 1301-environ 1187/1186 avant J.-C.
(Les dates sont hypothétiques et approximatives)

Ramsès Iᵉʳ
Séti Iᵉʳ
Ramsès II
(env. 1290/1280-1220/1213)
Merenptah
Amenmessé
Séti II
Siptah
Taousert

FEMMES CONNUES DE RAMSÈS II

Néfertari
Isinofret
(seconde Épouse Royale)
Binanath
(fille de Isinofret, Première Épouse
à la mort de sa mère vers l'an 34)
Merytamon
(fille de Néfertari)
Nebettouy
Hentmire
(sœur de Ramsès II)
Princesse syrienne : Maât-Hor-Neferure
Deuxième princesse syrienne

I

Cet été, il fait terriblement chaud à Avaris, petite ville du nord de l'Égypte. Non loin d'Avaris se trouve le palais du pharaon Séti Ier, le père de Ramsès II, qui vient de mourir.

Quelques jours plus tard Ramsès II, le régent, devient pharaon, roi Faucon, Horus d'Or, roi de Haute et de Basse Égypte, fils de Rê aimé d'Amon. Il a vingt-cinq ans et il prend la direction d'un pays grand et riche. Il rend hommage à son père selon les rites et embarque pour la Vallée des Rois avec sa famille. L'accompagnent les prêtres mais aussi ses deux femmes, Néfertari, sa Première Épouse, et Isinofret, sa Seconde Épouse.

Ramsès II éprouve pour Néfertari une passion qui ne s'est jamais démentie depuis qu'il l'a épousée. Il souhaite sa présence en tous lieux et dans les grandes occasions. L'enterrement de son père en est une mais, dès que Séti Ier repose dans sa Maison de vie de la Vallée des Rois, le pharaon ne pense qu'à célébrer la magnifique fête d'Opet en l'honneur d'Amon.

Dans ses appartements du palais d'été d'Avaris, qu'il veut agrandir et appeler « Pi-Ramsès victorieux », il fait part de ses projets à Néfertari.

— La barque en or du dieu Amon voguera de

Karnak à Louxor comme à l'accoutumée, lui dit-il. Je veux que la fête dure près d'un mois. Je nommerai le grand prêtre du dieu qui remplacera l'efficace Neneteru, selon la volonté divine. Tu assisteras à cette cérémonie. Je donnerai aussi quelques promotions et encouragerai des hommes aussi brillants que le vizir Paser et le vice-roi de Nubie, Iouni, à poursuivre leur travail. J'ai des projets de construction que je voudrais confier à Iouni. J'aimerais qu'il agrandisse la grande salle du temple de Karnak, qu'il embellisse le temple funéraire de Séti Ier, qu'il ajoute au temple de Louxor un pylône, une cour, des obélisques et des statues, et surtout qu'il commence la construction de mon temple. Je célébrerai moi-même une cérémonie pendant laquelle je désignerai l'endroit exact où ce temple sera élevé. Illumineras-tu de ta présence cette fête d'Opet ?

Néfertari, qui a beaucoup de charme, le regarde de ses grands yeux soulignés de khôl. Combien de fois le pharaon se plaît-il à lui rendre visite dans cette chambre aux senteurs d'encens qui l'envoûtent presque autant que la finesse et la beauté des traits de l'Égyptienne ! Le sol est recouvert d'une fresque aquatique, les murs de scènes champêtres aux détails les plus raffinés. Autour des colonnes sont enroulées des plantes grimpantes jusqu'aux chapiteaux aux couleurs gaies.

Assise dans un fauteuil à haut dossier et à pattes de lionne, orné de sphinx et de griffons en or et en pierres précieuses, Néfertari tend la main au pharaon et prie la servante occupée à ranger ses vêtements dans une armoire en bois de se retirer. On entend encore quelques instants les couvercles des coffrets contenant le nécessaire de toilette, les perruques et les peignes se refermer le plus discrètement possible. La servante remet rapidement un miroir à sa place, apporte une fiole de parfum à sa maîtresse et emporte un coffret d'obsidienne pour le nettoyer.

Dès qu'elle est sortie, Néfertari va s'asseoir devant

une harpe dont elle joue quelques notes langoureuses. Quand il est préoccupé par quelque affaire impossible à régler, le pharaon apprécie ces instants de calme et de réflexion. Néfertari est si attentive, si intelligente et si fine dans ses jugements qu'il lui arrive fréquemment de l'interroger sur les grandes décisions politiques. Mais, ce soir-là, comblé et amoureux, le pharaon a d'autres projets. Il s'allonge sur le lit aux pieds sculptés, dont les côtés retracent des scènes de chasse habilement dessinées, et invite Néfertari à venir le rejoindre.

***

Le dix-huitième jour du deuxième mois de l'Inondation, au moment où le soleil se couche en rougissant l'horizon désertique de couleurs féeriques, Ramsès II offre des sacrifices aux dieux.

Le lendemain, les barques de Khons, de Mout et d'Amon partent du temple de Karnak. Des musiciens et des danseurs les accompagnent. L'embarcation d'Amon, en cèdre recouvert d'or, à la proue et à la poupe ornées de têtes de serpents et de béliers en or, est tirée par des soldats jusqu'à Louxor. Sur le pont resplendit au soleil un magnifique baldaquin d'or et de pierres précieuses. Sa voile, carrée, et ses soixante rames sont peintes de couleurs vives.

Sur les rives du Nil, le peuple acclame le dieu et le pharaon. La bière coule à flots. Les paysans se régalent et chantent avec joie. Néfertari est fière de son époux.

Lorsque le couple pharaonique arrive à Louxor, des musiciens jouant des crotales et de la flûte forment un cortège, entraînant dans leur suite des acrobates et des prêtres. Le pharaon s'arrête de temps à autre pour déguster une pâtisserie qu'on lui tend. Il demande l'avis de Néfertari en riant de leur complicité. Les dieux Mout, Khons et Amon sont alors déposés dans le temple de Louxor. Ils y resteront vingt et un jours, pendant lesquels Ramsès II discute avec les hauts fonctionnaires des récentes décisions qu'il a prises.

Le vingt-troisième jour du troisième mois de l'Inondation marque la fin des fêtes d'Opet. Le couple pharaonique doit rejoindre le palais de Pi-Ramsès. À l'aube, les barques du cortège s'engagent sur le Nil sous les acclamations de la foule. Mais, au bout d'une journée de navigation, alors que Ramsès II et Néfertari parviennent non loin d'Abydos, où est vénéré Osiris, le pharaon manifeste son mécontentement.

En voyant les tombes des anciens souverains à l'abandon, il réclame aussitôt des sanctions.

— Comment peut-on laisser ainsi les monuments de Séti Ier ? Les colonnes n'ont pas été dressées. Les statues de mon père sont abandonnées là sans avoir été travaillées ! Où sont les prêtres ? Où se trouvent les offrandes ? Mon père n'a pas plus tôt disparu qu'on laisse son temple tomber en ruine !

Tout en l'approuvant, Néfertari cherche à le calmer. Bien qu'il l'écoute volontiers, le pharaon rassemble les personnes chargées de l'entretien du temple et leur fait part de son mécontentement.

— Je veux, déclare-t-il, que mon père vive dans l'éternité et dans une demeure décente. Que les soldats, les ouvriers, les artistes reprennent en main les travaux du temple et reconstruisent ce qui est en ruine ! Que des offrandes y soient déposées ! Qu'un scribe mentionne tout cela par écrit !

Puis le pharaon fait appeler Nebvenenef. Néfertari se tient à côté de lui, heureuse pour le prêtre de ce qui va suivre. Le grand prêtre d'Onouris et d'Hathor, déesse de Dendérah, s'avance en tremblant.

— N'aie crainte, lui dit le pharaon. Tu es désormais grand prêtre d'Amon ! Je te confie la responsabilité du trésor d'Amon. Tu es le directeur de ses terres et de ses institutions. Ton fils te succédera en tant que grand prêtre d'Hathor. Le dieu Rê est témoin que j'ai proposé à Amon plusieurs noms de prêtres susceptibles de remplir la fonction de grand prêtre d'Amon et que toi seul as été désigné. Puisque c'est Amon qui te choisit, sers-le comme tu sais le faire. Dépasse-toi et tu feras mon bonheur et le sien. Tu pourras ainsi conserver cette fonction et vivre vieux.

Ramsès II lui offre en plus deux bijoux en or et le bâton de directeur du domaine d'Amon, de son trésor, de ses paysans, de ses travailleurs et de tous les artistes de Thèbes.

Les autres prêtres acclament le nouveau promu. Un messager part aussitôt informer les Égyptiens que Nebvenenef est désormais le grand prêtre d'Amon et qu'il dirige dorénavant les terres et le personnel du dieu.

Après le départ de Nebvenenef, Ramsès II peut enfin reprendre sa route.

— Te voilà apaisé, lui dit Néfertari.

— L'état d'abandon dans lequel se trouvait le temple de mon père m'a mis hors de moi, je le reconnais, lui répond Ramsès II.

Puis il remercie la reine d'avoir été aussi compétente et aussi lumineuse à ses côtés.

— Ta beauté ajoute à notre popularité. Le peuple t'aime.

— Le peuple nous aime, rectifie-t-elle.

Assis sous un baldaquin doré au centre de leur embarcation, tous deux se laissent voguer vers leur palais. Les marins ont abaissé la voile de lin renforcée par des bandes de cuir et le mât en bois de conifère. La barque se laisse aller au gré du courant. De temps à autre, les rameurs accélèrent la vitesse de l'embarcation pour créer un petit air qui balaie la chevelure de

Néfertari. Le Nil gris se paillette des reflets du soleil qui se jouent de la surface de l'eau.

Les Égyptiens sont toujours alignés sur les berges. Ils crient le nom d'Amon, celui de Ramsès II et de Néfertari. Bientôt se dessinent les paysages fertiles du Fayoum, à la végétation riche et harmonieuse. La barque passe le long des chantiers navals de Memphis et tout près du palais entouré de jardins, puis elle glisse sur les flots où s'étalent les belles villas des nobles. Ramsès II se dit alors que son palais de Pi-Ramsès sera aussi fleuri, aussi plaisant et aussi harmonieux que celui de Memphis, mais qu'il aura la majesté du palais de Thèbes, au cadre imposant entouré de montagnes qui rosissent au soleil couchant. Il fera planter des vignes pour avoir du vin en abondance, aménager des lacs pour y voir fleurir des fleurs de lotus, construire des portes en granit aux montants en or, agrémenter d'immenses jardins pour se promener, dessiner des chemins bordés d'arbres et de fleurs et des autels en argent. Car le pharaon souhaite un palais digne de Néfertari et de sa majesté.

Tout en pensant à ce que sera sa nouvelle demeure, et tandis que le poète chante à l'avant du bateau « Quand ta main prend la mienne, mon corps se remplit de désir », il s'empare discrètement de la main menue de son épouse pour lui témoigner son amour.

II

Lorsque Ramsès II décide de reconquérir les diverses régions que l'Égypte possédait à l'extérieur, Néfertari l'encourage vivement, tout en redoutant les revers que son époux peut subir. S'il s'est jusque-là montré chanceux dans tous les domaines, Ramsès II risque, en effet, de perdre la vie sur un champ de bataille. Néfertari veille, cependant, à ne pas le troubler dans ses préparatifs.

Comme toutes les Égyptiennes, Néfertari respecte les décisions de son mari et sait rester à sa place. Elle a lu la *Sagesse* que le scribe Ani a composée et des Sagesses plus anciennes, comme celle de Ptahotep. L'Égyptien se marie avant tout pour avoir de nombreux enfants. Ramsès II a été attentif à ces dictons qui conseillent de prendre très jeune une femme pour ne pas infliger à des fils des pères âgés.

Néfertari est d'une fidélité exemplaire, tout d'abord parce qu'elle aime le pharaon, mais aussi parce qu'elle connaît les peines qui punissent les adultères et qui peuvent entraîner la mort. Mais point n'est besoin pour la famille de Ramsès II de menacer Néfertari du crocodile ou de la répudiation, la reine a trop de principes pour s'en laisser conter. Elle désapprouve les mœurs souvent dissolues des ouvriers et des prêtres qui commettent parfois l'adultère avec la femme de leur meilleur ami.

Néfertari veut pouvoir dire dans l'Au-delà, lors des déclarations d'innocence, qu'elle est pure, et suivre les conseils de la *Sagesse* d'Ankhesheshonqui : « Ne séduis pas l'homme dont la femme est en vie ; ne séduis pas la femme dont le mari est vivant. »

Jamais Néfertari n'a eu recours aux magiciennes pour séduire le roi. Elle connaît pourtant nombre d'Égyptiennes qui utilisent des philtres d'amour. Mais la passion de Ramsès II et Néfertari fut immédiatement réciproque. Aujourd'hui, elle souhaite ne jamais être séparée de son époux et espère qu'il ne se fatiguera pas d'elle jusqu'au jour où ils gagneront tous deux leurs demeures d'Éternité. « S'il meurt, se dit la reine, je serai inconsolable. » Il est vrai que Néfertari est douce et agréable, qu'elle est d'excellent conseil et que sa bouche prononce des paroles aimables, qu'elle est respectée de ses sujets, élégante et raffinée, et que son mari éprouve pour elle une incomparable attirance.

Bien qu'il essuie quelques échecs contre les Syriens, Ramsès II n'en pense pas moins à Néfertari lorsqu'il est éloigné de Pi-Ramsès. Il est fier de ses deux fils, Amenhirwonmef, qu'il a eu avec Néfertari, et Khaemvaset, l'enfant d'Isinofret, qui l'ont déjà accompagné dans une campagne en Nubie. Il s'est promis de faire reproduire sur les murs d'un temple les premiers pas de ses fils dans un combat. Outre l'aîné du pharaon, que ce dernier appelle dorénavant Amenhirkhopshef, « Amon au bras victorieux », et qu'il a nommé chef d'armée, Ramsès II tient à ce que tous ses garçons le suivent sur le terrain dès qu'ils sont en âge de prendre les armes. Il songe ainsi très sérieusement à emmener avec lui ses plus jeunes fils que leur mère Néfertari tente de conserver plus longtemps auprès d'elle.

— N'aie crainte, lui dit Ramsès II pour la rassurer. Je les protégerai. Amon leur tiendra le bras pour qu'il ne faiblisse pas. Prehirvonmef deviendra Premier des Soldats. Il aura autant d'honneurs que son demi-frère Ramsès. Je l'emmènerai avec moi à Qadesh lutter contre les Syriens. Il lui plairait de commencer comme responsable des chevaux. Je le nommerai donc Premier Écuyer du Roi.

— Épargne tes derniers fils, répond Néfertari. Tes treize premiers garçons t'ont déjà accompagné en Syrie. Amenhirkhopshef s'est distingué à tes côtés. Mais que peut bien faire Mérenptah ou les jeunes Merytoum et Sethirkhopshef au combat ? Nous avons perdu plusieurs enfants en bas âge. Les maladies n'épargnent pas les Égyptiens. Tu as pris avec toi le petit Khaemvaset à l'âge de quatre ans pour le conduire en Basse-Nubie. Isinofret n'a pas osé s'y opposer mais elle a dû trembler chaque jour pour son garçon. Khaemvaset déteste la guerre, tu le sais bien. Il préfère s'enfermer dans sa chambre pour lire et écrire. Il s'intéresse aux cultes, à la magie et à l'art. Ton fils est un artiste. Il est fin et intelligent. Laisse-le épanouir ses talents artistiques. Isinofret n'osera jamais te parler ainsi. Je le fais donc à sa place.

Ramsès II apprécie tant cette bonté, cette compréhension et cette douceur qui habitent Néfertari.

Quand il imagine les statues qui vont orner son sanctuaire et celui de son épouse dans les falaises d'Ibchek et de Méha[1], l'esprit du pharaon rejoint encore celui de l'Égyptienne.

Avant de partir pour de nouveaux combats, il se fait une joie de lui confirmer les projets dont il lui avait déjà parlé des années auparavant : il l'associera aux honneurs qui lui seront rendus dans la postérité. Il a donné des ordres pour que la statue de Néfertari se

---

1. Abou Simbel.

trouve près de la sienne et que tout Égyptien puisse contempler le couple réuni devant l'Éternel.

Le pharaon emmène Néfertari contempler les travaux déjà effectués. Dans le roc rose, l'esquisse d'une majestueuse statue de vingt mètres représente Ramsès II assis. Les ouvriers travaillent avec acharnement, creusent la pierre avec courage afin d'aménager plusieurs salles dans la falaise.

— Voilà le temple que je dédie à Amon et au Soleil, annonce Ramsès II à la reine. Mais ce n'est pas tout.

Il entraîne alors Néfertari vers une autre falaise, située non loin de la première. À cet endroit, des ouvriers, pour la plupart des prisonniers de guerre, creusent également sans ménager leur peine. Six immenses statues à peine dégrossies se dressent devant eux. La reine se reconnaît à côté du pharaon. Des statues plus petites représentent leurs enfants. Émue, la reine remercie Ramsès II de cette attention.

— Ce temple est le tien, lui dit le pharaon. Il honore la déesse Hathor.

L'Échanson Royal, Ashahebsed, qui est responsable des travaux, se précipite pour saluer bas le roi et lui faire un compte rendu de la situation. Le pharaon le félicite et l'encourage.

— Tu as su prendre la succession du vice-roi Iouni, lui dit-il. J'admire ta célérité.

Mais Néfertari n'entend pas ces paroles d'encouragement. Elle ne voit que ces représentations, timidement esquissées, vouées à devenir de gigantesques statues, signe incontestable qu'elle est et sera la Reine de Ramsès II pour toujours. Des preuves d'amour, le pharaon ne cesse de lui en donner. Ne vient-il pas d'ordonner de construire, pour sa vie dans l'Au-delà, une tombe magnifique constituée de plusieurs pièces ornées de bas-reliefs et de peintures toutes plus belles

les unes que les autres ? Néfertari aura ainsi la plus admirable des tombes de la Vallée des Reines.

**

Les années qui suivent sont particulièrement pénibles pour les épouses de Ramsès, qui enchaîne les campagnes. Il arrive bien au pharaon de revenir à Pi-Ramsès, mais il repart avec la volonté toujours plus affirmée de s'avancer davantage en Syrie, jusqu'à ce que la paix de Qadesh mette enfin un terme au conflit.

Le bilan est, en effet, lourd à supporter. Néfertari a perdu son fils aîné Amenhirkhopshef quelques mois avant la signature du traité de paix. Ses frères Prehirvonmef, Séti et Meryre sont morts. La reine se console avec le jeune Merytoum, qui est désormais l'aîné du roi, et Sethirkhopshef qui devient l'héritier du trône au détriment de son frère plus âgé. Son père le nomme prêtre du dieu de Pharaon et haut fonctionnaire chargé des affaires extérieures.

Très vite des contrats scellent l'entente entre les Hittites et les Égyptiens. Hattousil III et Ramsès II s'envoient des cadeaux, organisent des fêtes et se réjouissent en leurs palais.

La reine Néfertari, épouse de Ramsès II depuis sa régence, reçoit alors de la reine Pudukhepa, la femme d'Hattousil III, d'agréables messages de félicitations. Heureusement surprise, Néfertari encourage vivement le vizir à écrire au roi du Hatti. Elle s'enferme elle-même dans ses appartements du palais de Pi-Ramsès et sort des tablettes d'argile sur lesquelles elle rédige une longue missive. Puis elle se rend auprès du scribe en rapport avec l'étranger et lui demande de traduire ce qu'elle vient d'écrire en caractères cunéiformes.

Le scribe lit lentement la lettre :

« *La Grande Épouse d'Égypte, Néfertari, parle ainsi :*

« *À Pudukhepa, Grande Reine du Hatti, mon amie.*

« *Tout va bien entre nous ainsi qu'entre nos deux pays.*

« *J'ai été touchée que tu t'inquiètes de nos affaires.*

« *La paix et la fraternité règnent dorénavant entre le Grand Roi d'Égypte et le Grand Roi du Hatti.*

« *Que notre dieu Rê et votre dieu du Tonnerre vous rendent heureux. Que la paix continue longtemps et que les deux Grands Rois s'apprécient toujours.*

« *Je ne souhaite entre nous deux qu'amitié pour toujours.* »

Bien qu'il juge les phrases maladroitement rédigées, le scribe n'en souffle mot à la reine Néfertari, non qu'il craigne de la blesser, mais il estime plus judicieux de leur laisser leur caractère enflammé, presque enfantin.

— Voilà une lettre très émouvante, lui dit-il.

— N'est-ce pas ? Le messager portera aussi à la reine du Hatti des bijoux que je choisirai moi-même et de magnifiques vêtements de couleur. Je dirai à mon fils Sethirkhopshef de faire de même pour le roi. La reine mère Touya a écrit, elle aussi, à Pudukhepa.

Néfertari a gardé la fraîcheur de ces années où le pharaon Ramsès II l'a épousée. Celui-ci était régent lorsqu'il a décidé d'avoir une famille nombreuse et de se marier avec Néfertari et Isinofret. Ramsès II aime les femmes, mais Néfertari, qui ressent beaucoup d'affection et d'admiration pour lui, ne jalouse jamais celles qu'il apprécie en dehors du mariage. Elle n'oublie jamais, avec une fierté non dissimulée, qu'elle est une épouse officielle. N'a-t-elle pas donné, ainsi que Isinofret, de beaux enfants à son époux, même si le harem se remplit lui aussi de jeunes garçons et filles, tous enfants des multiples concubines de Ramsès II ?

Avant de mourir, le père de Ramsès II, Séti Ier, a connu une quinzaine de ses petits-fils et une douzaine de ses petites-filles. Mais Néfertari a mis au monde le premier fils de Ramsès, Amenhirwonmef, « Celui qui est à la gauche d'Amon », tandis qu'Isinofret a ensuite donné naissance à un garçon que l'on a également appelé Ramsès. Puis Néfertari a donné à Ramsès II Prehirwonmef, et Isinofret « Celui qui apparaît dans Thèbes » et l'adorable « Fille d'Anath », la première fille du pharaon.

Néfertari n'a pas à se plaindre : le pharaon l'honore souvent. Elle est présente lors de toutes les cérémonies importantes. Le pharaon l'a déjà fait représenter à ses côtés sur des bas-reliefs. La reine du Hatti en personne lui écrit en ce jour, tandis qu'Isinofret a toujours été placée un peu à l'écart.

Le roi écoute ses conseils. Elle s'est même rendue sur place pendant la bataille de Qadesh et n'a pas hésité à donner son avis, tant au pharaon qu'à ses fils. Elle sait que Ramsès II aime sa beauté et ses charmes et qu'il lui accorde la préférence. Il arrive au pharaon de lui dire dans l'intimité qu'elle aura le plus magnifique sanctuaire égyptien et qu'il l'aimera toujours, même s'il épouse ses propres filles ou celles d'Isinofret, même si les contraintes politiques l'obligent à épouser la fille du roi du Hatti et à lui donner le titre de Grande Épouse Royale, ce qui est exceptionnel pour une princesse étrangère.

— Je ferai construire pour toi les plus beaux monuments, lui dit-il amoureusement. Les bas-reliefs rehausseront ta beauté et ton éclat naturels. Tu y seras représentée avec la coiffure du faucon, de Rê et des symboles d'Isis-Sothis.

Néfertari accompagne aussi Ramsès II lors des cérémonies religieuses. Les doux mots de son époux résonnent alors délicieusement à ses oreilles.

— Tu seras un jour déesse. Ma mère Touya et ma grand-mère Sat-Rê ont été appelées Épouses Divines.

Tu es aujourd'hui responsable des prêtresses du culte pharaonique mais je veux t'associer à ma divinité et à la renaissance de mon pouvoir royal que symbolise le début de l'année, marquée par l'inondation du Nil, chère au cœur des Égyptiens et indispensable à nos cultures. J'ai choisi un site digne de toi, digne de mon rang pour y faire aménager un temple aussi beau que celui d'Aménophis III et de Tiyi. Quatre gigantesques statues adossées à la montagne agrémentent mon sanctuaire. Près du Nil, un sanctuaire et une grotte te sont dédiés, ainsi qu'aux déesses Hathor et Sothis. Ta statue est encadrée des miennes car je veux te protéger jusque dans l'éternité. Ton image, illuminée dès l'aurore, revit chaque jour sous les rais blancs et dorés du dieu Soleil. Semblable à l'astre Sothis, qui disparaît au mois de juillet pour laisser place au Soleil, tu me permets ainsi de renaître après la nuit.

Fière et majestueuse, Néfertari s'imagine habillée de *byssos* et entourée de Hathor et d'Isis posant sur sa perruque courte la coiffe de Sothis. Elle porterait le sceptre mais aussi la croix ankh, symbole du divin. Parce que Ramsès II lui a promis cet honneur, elle sait que le pharaon tiendra parole.

Pour le moment, elle se préoccupe de satisfaire le nouvel ami de l'Égypte, Hattousil III. Aussi passe-t-elle beaucoup de temps dans son cabinet privé. Elle regarde chacun de ses bijoux, ouvre chaque petit coffret en bois de Nubie, en ivoire ou en verres de toute couleur. Elle respire les parfums que renferment ses flacons d'albâtre en forme de lotus, de papyrus, de canards ou de fruits.

Après une minutieuse inspection, Néfertari choisit finalement une fiole de verre bleuté en forme de paon, dont les yeux représentent des dizaines de couleurs différentes, un miroir oblong au manche en bois noir autour duquel s'enroule une femme lascive, une boîte à maquillage en forme de femme-cygne contenant de la poudre aux senteurs exotiques, de magnifiques broches aux pierres semi-précieuses, des coffres en bois du Soudan aux minuscules et complexes tiroirs aménagés pour recevoir les plus luxueuses pinces à cheveux et un récipient aux bras multiples comme autant de branches s'ouvrant en fleurs pour recevoir des crèmes de toute composition, roses, vertes, ou jaunes.

— Voilà qui plaira sans doute à la reine du Hatti, dit Néfertari, satisfaite. Ces présents partiront avec ceux de la reine mère Touya, qui a fait venir les plus beaux vêtements de la fabrique du Fayoum.

Le soir même, Ramsès II remercie son épouse de ses heureuses initiatives.

— L'Épouse Divine, ma mère, est fière de toi, lui dit-il. Tu vas contribuer à renforcer les liens qui me lient désormais à mon ami, le roi du Hatti. Cette paix est un bienfait pour nos deux pays.

III

N'ayant plus le souci de faire la guerre, Ramsès II peut s'occuper dorénavant de ses constructions et de l'aménagement de son sanctuaire. Toutefois, quelques mois après la paix de Qadesh, sa mère Touya, qui a environ soixante ans, meurt. Ce décès accable Ramsès II. Seule l'avancée des travaux du temple d'Abou Simbel parvient à le distraire de cette perte irréparable.

Par un matin lumineux qui inonde de soleil le palais de Pi-Ramsès, surpassant Thèbes et Memphis réunies, le pharaon va trouver la reine Néfertari. Il se rend lui-même au temple dont les statues resplendissent de cette magnifique pierre du désert qu'il fait venir d'Héliopolis, marche sans escorte jusqu'au palais de Séti Ier aux sols peints de fresques jaunes, rouges ou bleues. Il monte les escaliers, le cœur joyeux, tapote à l'étage le cou du lion en faïence vert et bleu qui tient dans sa gueule un ennemi de l'Égypte, passe plusieurs portes dont toutes sont encadrées de ses titres peints en blanc et en bleu et parfois surmontées d'un décor de bataille très vivant. Mais Néfertari ne semble nulle part. Il la sait pourtant fatiguée et légèrement souffrante.

Le pharaon pénètre alors dans les pièces intimes du palais, que la reine a voulu gaies et agréables à vivre.

Sur les murs ou les sols, les tableaux parlent de printemps, de renaissance et d'amour. Les oiseaux se posent sur les épaules des femmes du harem. Partout resplendissent les pierres semi-précieuses.

— Enfin, te voici, dit Ramsès II en découvrant Néfertari en pleine lecture. Je dois te parler. Demain, je veux que cette ville soit en fête. Je rendrai hommage au dieu Ptah et au dieu Rê. Les habitants de Pi-Ramsès « la Victorieuse » porteront leurs vêtements les plus beaux. Ils auront les cheveux soigneusement coiffés et huilés. J'écouterai leurs souhaits et en exaucerai beaucoup tandis que les musiciennes de Memphis nous berceront de leurs tendres mélodies.

— Comme pour la fête Khoiak...

— Oui. Mais je veux aussi retrouver ces immenses préparatifs que tu organisais lors de mes retours de campagne.

— Il était normal de fêter tes succès et de t'honorer pour ton courage.

— Que des centaines de bouquets de fleurs soient jetés dans les rues ! Que des centaines de paniers de pâtisseries soient distribués ! Que les cuisiniers de Pi-Ramsès se mettent au travail sans tarder ! Qu'ils cuisent des centaines de pains, de gâteaux *ibshet* et de la viande ! Qu'ils préparent des corbeilles de grenades, de raisins et de figues, des oies fourrées, des concombres, des poissons, du gibier, des haricots, des sauces fines et onctueuses ! Que l'on sorte les chars de parade ! Que l'on astique les armes ! Que l'on décore tous les bâtiments, même ceux un peu austères du quartier du vizir ! Que les obélisques qui ornent la façade du temple de Rê soient entourés de plantes vertes ! Que les sanctuaires de grès, les statues royales et les stèles de granit rappelant ma majesté soient couverts de fleurs ! Je veux être en communion avec le dieu Rê qui me comprend et me soutient. Que des pétales multicolores recouvrent aussi le Nil, les eaux d'Avaris et le lac ! Que l'activité du port cesse et que les marins des quais qui logent près des entrepôts viennent aux portes du palais ! Je les écouterai comme les autres !

Néfertari s'amuse du regard malicieux de son époux qui semble retomber en enfance.

— Et que se passe-t-il donc demain pour que pareille fête soit envisagée ? Te rends-tu compte que, pour organiser de telles manifestations, je m'y prenais plusieurs jours à l'avance, dès que j'apprenais par les hérauts qui te précédaient que tu rentrais à Pi-Ramsès ?

— Rien n'est impossible au roi d'Égypte ! dit Ramsès II en riant. Demain est un grand jour car nous partons tous deux pour visiter nos sanctuaires de Nubie.

— Ce ne sera pas la première fois, lui répond Néfertari en abandonnant son papyrus pour venir près de lui.

— Les sanctuaires sont enfin achevés. Je les inaugure demain !

— Pourquoi ne pas m'avoir tenue au courant ?

— Parce que je voulais t'en faire la surprise. J'ai demandé aux sculpteurs d'ajouter à ta statue, à celle de Touya, des enfants et à la mienne dans le temple rupestre, une représentation de la princesse Binanath.

— Tu sembles beaucoup l'apprécier, lui dit Néfertari, quelque peu jalouse de l'attirance que Ramsès II éprouve maintenant pour les femmes plus jeunes qu'elle.

— Elle est ma fille.

— Peut-être serait-elle plus si Isinofret et moi venions à disparaître.

— Je ne te contredirai pas. Elle est belle et vive. Il me plairait alors d'en faire mon épouse. Mais aujourd'hui tu éblouis ma vie et je prie les dieux pour qu'il en soit ainsi pendant très longtemps.

— Tu sais pourtant que je me sens très lasse et que

ce voyage sera pour moi éprouvant. Peut-être aura-t-il raison du peu de forces qu'il me reste.

— Ne parle pas ainsi. Tu es entourée. Le médecin est sans cesse auprès de toi.

— Sans succès, reconnais-le. Je me sens faiblir chaque jour. Pourtant, rien ne m'empêchera de t'accompagner en Nubie.

Le lendemain est en tout point conforme à ce que souhaitait le pharaon. Les habitants de Pi-Ramsès se pressent dès l'aube aux portes du palais. Ils sont venus en famille et acclament leur souverain.

Le pharaon écoute leurs doléances et exauce leurs vœux dans la meilleure des dispositions possible. Néfertari se tient à côté de lui et donne de temps à autre son avis. Puis, pendant ce doux mois de février, le couple s'embarque pour le Sud. L'une des filles de Néfertari, la princesse Merytamon, l'accompagne, ainsi que le vice-roi Heqanakht. De multiples serviteurs prennent place dans les barques, prêts à suivre les personnalités qui vont assister à cet événement exceptionnel qu'est l'inauguration du sanctuaire pharaonique.

Le voyage est long et éprouvant. Quand le couple arrive enfin aux abords d'Abou Simbel, Néfertari est soulagée.

— J'ai cru que je n'y parviendrais jamais, dit-elle à Ramsès II.

Le pharaon se rend alors compte qu'il s'est montré bien égoïste et qu'il a sous-estimé la maladie de Néfertari. Pourquoi ne lui a-t-elle pas révélé son état ? Pourquoi ne pas lui avoir dit qu'elle se sentait incapable de partir ? Au lieu de quoi, comme à son habitude, pour ne pas le contrarier, elle a simplement évoqué sa faiblesse sans insister davantage.

En arrivant à la hauteur du temple de Ramsès II, aux teintes argileuses, bien qu'elle se repose sous son baldaquin dans un état proche de l'évanouissement,

Néfertari pousse une exclamation de surprise. La façade est tellement impressionnante qu'elle semble avoir été réalisée par les dieux eux-mêmes. Ramsès II prend alors la main de son épouse et l'invite à débarquer. Il se veut aussi prévenant que possible. Puis il suit l'architecte responsable des travaux et la guide de pièce en pièce jusqu'aux statues de Rê, d'Amon et de Ptah. Les rayons pâles parviennent à filtrer dans ce souterrain et à éclairer les représentations divines, qui paraissent soudain vivre et s'animer.

Alors, le vice-roi Heqanakht se prosterne devant la reine Néfertari. Celle-ci le remercie et l'écoute attentivement avec un regard bienveillant. Elle paraît aller mieux mais, soudain, son visage devient encore plus pâle qu'il n'était. Dans la pénombre, à la lueur des torches qui projettent leurs lueurs sur les parois humides, elle ressemble à un fantôme prêt à repartir pour l'autre monde. Elle ne peut pas supporter plus longtemps la longueur de la cérémonie et s'en excuse auprès de Ramsès II. Puis elle demande à une servante de l'aider à regagner sa barque, où l'attendent ses médecins. Le vice-roi se précipite pour la reconduire tandis que Ramsès II s'apprête à rendre hommage aux dieux.

— Fais ton devoir, lui dit Néfertari. Ne t'occupe pas de moi. Notre fille me remplacera à tes côtés.

Une immense peine vient alors troubler la joie du pharaon. Lui qui espérait que ce voyage en Nubie rendrait à la reine toute sa vigueur se trouve impuissant. Il implore les dieux de sauver la reine. Mais tout au long de cette navigation qui les a menés à Thèbes puis à Abou Simbel, il lui a fallu admettre que l'état de son épouse ne s'est pas amélioré. Il se reproche même d'avoir entrepris ce périple. « Comment allons-nous rentrer ? » s'inquiète-t-il. Il se promet de multiplier les étapes pour épargner la fragile Néfertari.

Mais, dans les jours qui suivent, il a beau faire,

aucun remède ne redonne à la reine la flamme de la vie. Celle-ci s'éteint peu à peu malgré la reconnaissance qu'elle éprouve pour le pharaon. Combien de fois elle l'a remercié de l'avoir associée à sa majesté sur des monuments qui resteront pour les siècles à venir !

Mais un jour, sans qu'elle ait pu revoir son palais de Pi-Ramsès, Néfertari rejoint le dieu Osiris en laissant le pharaon libre de poursuivre seul sa route terrestre. Elle est prête à continuer sa vie dans sa belle tombe de Thèbes.

***

Le pharaon reste plusieurs jours inconsolable. Il met tout en œuvre pour que l'enterrement de Néfertari soit exceptionnel. « La voilà débarrassée de ses rivales, se plaît-il à penser pour se réconforter. Mais Néfertari avait-elle des ennemies, elle qui était si compréhensive et si bonne ? Elle n'a pas à craindre le pèsement des actions même si rien n'est effacé le jour du jugement des âmes. Là où elle est maintenant, Néfertari vit comme sur terre avec son passé. Mais telle une déesse, elle peut avancer vers le lieu du jugement sans craindre de châtiment, loin de ceux qui ont commis des mauvaises actions et sont livrés à la chienne Amaït. Elle n'aura même pas à servir Osiris parce qu'elle a fait plus de bien que de mal autour d'elle. »

Maintenant très présente, sans trop oser s'imposer, Isinofret tente de le distraire. Elle est devenue la Première Épouse mais elle ne fait pas battre comme Néfertari le cœur du pharaon. Elle espère, cependant, qu'un jour viendra où il l'aimera autant.

— N'aie aucune crainte, dit-elle au pharaon. Néfertari s'est présentée devant Osiris libre de toute faute. Les plateaux de la balance à côté de laquelle trône le dieu au siège d'or et à la couronne aux deux plumes n'ont pas penché du mauvais côté. Les dieux Anoup et Thot, qui se tiennent respectivement à la gauche et à la droite d'Osiris, ne puniront pas Néfertari pour des méfaits qu'elle n'a pas commis.

— Que ses rares fautes soient effacées ! Je déposerai entre les jambes de Néfertari un extrait du *Livre des morts* afin qu'elle pénètre dans la salle des deux vérités l'âme légère.

— Elle saura plaider sa cause, lui répond Isinofret, et elle sortira du tribunal lavée de tout péché. Quand elle était souffrante, elle a pris soin de faire de nombreuses offrandes aux dieux afin de préparer son passage dans l'autre monde.

Le pharaon donne des ordres pour que le sarcophage de Néfertari soit conforme à ses vœux. Sous le couvercle est représentée la déesse Nout au milieu des astres afin que Néfertari puisse continuer sa course dans le ciel. Des portes sont dessinées sur les côtés du sarcophage pour qu'elle puisse sortir et entrer lorsqu'elle le désire.

Ramsès II s'occupe aussi du choix du mobilier de Néfertari, qu'il veut magnifique. Les plus belles pièces du palais seront enfermées dans sa tombe. Quatre vases contiendront les organes de la reine. Des statuettes de bronze figurant ses serviteurs dans l'Au-delà seront placées auprès d'elle.

Le pharaon fait spécialement fabriquer pour l'enterrement des bijoux en or et en pierres précieuses. Il y ajoute ceux qu'il a offerts à la reine de son vivant : des colliers en perles, en faïence ou en pièces d'or ; un pectoral représentant un scarabée ailé entouré des déesses Isis et Nephtys, où Néfertari a fait graver cette phrase : « Puisse le dieu Khnoum garder mon corps intact » ; des pendentifs en forme de cœurs ornés de lapis-lazuli sur lesquels le pharaon a écrit des messages amoureux ; de très nombreux bracelets pour les bras, les chevilles, les poignets ou les cuisses ; des bagues ; des amulettes, un œil *oudja* ; des faucons et des serpents, gardiens des portes de l'Au-delà.

Le pharaon convoque les ébénistes, les artistes, les chefs de chantier, qui achèvent dans l'urgence la tombe de Néfertari, et leur donne les recommandations les plus précises.

Depuis la mort de Néfertari, les Égyptiens restent chez eux. Le pharaon a, en effet, déclaré que le deuil durerait pendant toute la période de momification, c'est-à-dire soixante-dix jours. Certains se couvrent le visage de limon ; d'autres sanglotent dans leur maison.

Au terme de ces soixante-dix jours, le corps de Néfertari est lavé et enveloppé de bandelettes de lin. Le pharaon a fait venir les meilleurs produits pour les embaumeurs : huile de cèdre, gomme, henné, résine, natron, poix du Liban. Il fait habiller la momie et donne l'ordre d'embarquer le sarcophage sur un bateau à la poupe recourbée. Les pleureuses entourent la cabine décorée avec goût qui abrite le sarcophage.

Néfertari part pour son voyage au tombeau. Nombreux sont les Égyptiens qui apportent dans la Vallée des Reines des cadeaux, de la nourriture et des boissons afin de les offrir à leur reine défunte. Car la personnalité de Néfertari animera encore son corps bien après sa mort. Devenue « Osiris », elle vivra comme sur la terre. Un jour, le pharaon la rejoindra. Pendant la nuit, son âme accompagnera le dieu Osiris et, tandis que son corps reposera dans la Vallée des Rois, son âme rejoindra, dès le lever du soleil, le dieu Rê dans sa course diurne.

Les Égyptiens se consolent, comme le pharaon, de cette continuité de la vie de Néfertari. Ils savent que leur corps, à eux aussi, reposera un jour dans leur caveau mais que leur *ka*, leur caractère, vivra éternellement dans une chapelle. Leur *ba*, leur âme, s'éloignera pendant le jour de leur enveloppe charnelle et ira recueillir, dans cette chapelle, la nourriture que les amis ou les parents auront laissée, là, pour elle.

Néfertari a déjà entamé cette nouvelle vie où le pharaon rêve de la rejoindre.

Si Isinofret devient la Première Épouse du pharaon après la mort de Néfertari, Binanath, la fille aînée de Ramsès II, prend le titre de Deuxième Épouse. Comme de nombreux fils de Néfertari sont alors décédés, les enfants d'Isinofret s'imposent à la cour.

Ramsès II fait représenter son épouse et ses enfants sur plusieurs monuments. On la voit avec sa fille Binanath et ses fils Ramsès, Khaemvaset et Merenptah. Isinofret se réjouit de figurer ainsi sur quelques stèles. Elle est également fière que son fils Ramsès soit devenu l'héritier en titre et Merenptah, scribe royal. Mais elle ne parvient pas à obtenir du pharaon l'affection qu'il portait à Néfertari. Ramsès II la traite cependant avec égards. Elle l'accompagne maintenant dans les fêtes et les réceptions mais jamais elle ne ressent entre elle et lui cette complicité qui unissait son époux à Néfertari.

Un jour, le pharaon reçoit un message du roi du Hatti, avec qui il s'entend de mieux en mieux, et qui lui renouvelle sa volonté de lui donner sa fille en mariage.

Hattousil III est tellement satisfait des relations qui s'établissent peu à peu avec Ramsès II qu'il décide de précipiter le mariage de sa fille.

— Cette union sera le symbole de notre amitié, lui dit-il.

Le pharaon accepte immédiatement, pendant la trente-troisième année de son règne. Il reçoit les messagers du roi du Hatti et s'enthousiasme de sa générosité.

« Je donnerai à ma fille une dot exceptionnelle, écrit celui-ci au pharaon. *Cette dot sera plus importante que*

celle de la fille du roi de Babylone. Ma fille arrivera bientôt en Égypte avec des serviteurs, des moutons et des chevaux. Je te remercie de lui envoyer un homme pour venir la chercher. »

Ravi, Ramsès II s'empresse de lui répondre. Il prend ses dispositions pour que la princesse soit accueillie comme il le convient à la frontière syrienne.

Isinofret partage la joie de son époux.

— J'ai envoyé un message d'amitié à Hattousil III, lui dit le pharaon. J'ai également écrit au chef Souta, qui se trouve dans la province d'Upi, afin qu'il reçoive le bétail et les esclaves que va m'envoyer le roi du Hatti. Il me préviendra dès l'arrivée de la princesse en Égypte. J'ai aussi donné des ordres pour que ma future épouse soit protégée jusqu'à ce qu'elle arrive ici, ainsi que son père me le demande.

Isinofret l'approuve et s'apprête, elle aussi, à recevoir la nouvelle épouse mais les jours passent et le pharaon commence à montrer de l'impatience. Il s'intéresse au jeune fils de Néfertari, Merytoum, devenu, à la mort de ses frères, Premier Fils du pharaon et responsable de l'Éventail. Ramsès II lui a donné le titre envié de prêtre de Rê d'Héliopolis, qu'il honore depuis sept ans. Il voudrait retrouver chez lui l'intelligence de Khaemvaset mais il ne voit dans la profondeur de ses yeux que de douces réminiscences qui le ramènent à Néfertari.

Isinofret n'est bientôt plus là pour le conseiller. Elle rejoint, elle aussi, sa maison d'éternité à la fin de l'année 34 du règne de Ramsès II. La fille aînée du pharaon, Binanath, « la fille d'Anath », lui succède. La fille de Néfertari, Merytamon, devient Seconde Épouse.

Ramsès II apprécie beaucoup la compagnie de Binanath mais il aime toujours la nouveauté. Les promesses du roi du Hatti lui reviennent en mémoire. Impatient de connaître cette belle Syrienne dont on lui a vanté les charmes, Ramsès II finit par appeler son scribe et lui dicte un message révolté à l'attention de celui qui ne tient pas ses promesses.

La reine Pudukhepa ne lit pas ce message sans colère. En l'absence de son mari, elle répond aussitôt au pharaon sans ménager ses mots : « *Comment donc,* lui écrit-elle, *notre ami d'Égypte compte s'enrichir sur notre dos ? On raconte que le pharaon a accepté une princesse babylonienne dans son harem et que les hérauts de son père n'ont pas le droit de la voir. Qu'adviendra-t-il de ma fille ?* »

— Peut-être t'es-tu laissé emporter, dit Binanath à son époux. Pourquoi leur réclamer de l'or alors que l'Égypte est si riche ?

— Parce que le roi me l'a promis.

Refusant de céder, le pharaon poursuit pendant quelque temps son échange de lettres avec la reine du Hatti, qui lui envoie enfin la princesse. « *À condition que des Égyptiens se rendent auprès d'elle avec de l'huile pour l'oindre et la conduire dans le palais du Grand Roi d'Égypte,* écrit la reine Pudukhepa. *Alors nos deux pays deviendront une terre et ses rois seront liés par des liens fraternels.* »

Ramsès II est satisfait d'épouser à cinquante ans une princesse si jeune et Binanath se réjouit de le voir heureux.

— La princesse arrivera dans quelques mois, sans doute pendant l'hiver. La reine Pudukhepa m'informe qu'elle accompagnera sa fille jusqu'à la frontière. Elles seront toutes deux escortées de militaires et de puissants personnages de l'État qui veilleront sur le bétail, les esclaves, les bijoux et les vêtements précieux. Ils passeront par Qadesh et trouveront le gouverneur égyptien à Gaza puis ils longeront la mer jusqu'à Pi-Ramsès. Je vais implorer le dieu Seth et lui offrir des présents afin qu'il maîtrise le ciel et la terre, qu'il élimine le vent, la pluie, le gel et la neige jusqu'à l'arrivée de la princesse hittite.

— Les fêtes pourront alors commencer ! s'exclame Binanath. Fais donc graver cette grande nouvelle sur les temples de Karnak, d'Abou Simbel, d'Amarna et d'Éléphantine.

Le dieu Seth ayant accordé au pharaon des journées estivales en plein hiver, l'armée égyptienne et les fonctionnaires du roi reviennent à Pi-Ramsès, l'esprit le mieux disposé du monde. La princesse hittite arrive au palais au mois de février. Le pharaon la trouve plaisante et très agréable à regarder.

— Tu es belle, lui dit Ramsès II. Je t'aimerai. Tu es à mes yeux la victoire que m'a réservée Ptah. Tu seras « la Reine Maât-Hor Neferure, fille du Grand Roi du Hatti et de la Grande Souveraine du Hatti ». Tu habiteras au palais et tu m'accompagneras chaque jour. Ton nom sera illustre dans le monde entier.

En entendant ces paroles, Binanath ne peut s'empêcher de retenir ses larmes car de nombreuses femmes ont déjà été accueillies dans le harem du pharaon mais aucune n'a reçu des honneurs semblables à ceux d'une Grande Épouse Royale. En outre, elle sent au fond d'elle-même que le roi n'est pas insensible à la jeunesse éclatante de la princesse hittite.

Le pharaon fait ensuite distribuer de confortables sommes d'argent aux fonctionnaires qui l'ont amenée en Égypte et promet au chef de la délégation, le loyal Huy, le poste de vice-roi de Nubie.

Les troupes qui ont escorté la fille du grand roi du Hatti partagent leur repas avec les soldats égyptiens. Ils trinquent ensemble pour commémorer la paix et l'amitié.

Les poètes de la cour peuvent laisser friser le bout de leur calame dans les fioritures. Des inscriptions laudatives agrémentent bientôt tous les murs égyptiens :

« An 34 de Ramsès II le Majestueux. Que les fêtes commencent pour grandir le pharaon, maître du Pouvoir ! Chantons son courage et sa victoire ! Rappelons les hauts faits du Maître des deux terres, image de Rê, plus grand que tous les rois qui ont régné avant lui ! Le roi hittite a demandé l'amitié de Ramsès II. Il lui a offert de l'or, de l'argent, du bronze, des chèvres, des béliers et sa fille. Pour arriver jusqu'en Égypte, les Hittites ont traversé des montagnes et des défilés dangereux. »

Dans les rues de la ville, le peuple rit et chante. Les tavernes restent ouvertes toute la nuit. Les commentaires sur le merveilleux couple que forment le roi hiératique et la mince princesse fusent de toute part. Symbole de paix, il génère la joie. Les marchands égyptiens se réjouissent de pouvoir voyager sans crainte jusqu'au Hatti.

Seule Binanath ressent un petit pincement au cœur. Ne reste-t-elle pas pourtant la confidente, l'aimée, la conseillère, la préférée ? Mais la faiblesse du pharaon est si grande devant les femmes belles et jeunes !

IV

Parce que c'est l'Épouse qui transmet l'hérédité et assure la pureté du sang royal, la femme a, dans le couple pharaonique, une fonction essentielle. Binanath est parfaitement consciente de l'importance de son rôle et de celui de la nouvelle Épouse Royale hittite, « Celle qui contemple le Faucon, puissance manifeste de Rê », que Ramsès II n'a pas décidé de cantonner au rang d'épouse secondaire comme il l'a fait pour les princesses babyloniennes ou syriennes de son harem.

Le mariage royal a lieu dans la plus grande magnificence. Pour l'occasion, les parents de la princesse sont reçus au palais égyptien. Dans la salle principale, sous un dais, a pris place le pharaon. Il est encadré de Seth et de Ptah. Bientôt s'approchent la princesse et son père, les bras levés pour saluer Ramsès II. Le cortège de présents et de fidèles a été extrêmement long. Il s'est avancé lentement sous les acclamations de la foule. Et maintenant, l'instant que Binanath souhaite et redoute tout à la fois est arrivé.

Le pharaon, les yeux brillants, regarde avec joie la princesse hittite qui vient vers lui. Les scribes notifient leur union. Bientôt des sacrifices aux dieux scellent leur mariage devant la divinité. Le peuple peut se réjouir autour des tables de banquet installées à la belle étoile et boire en racontant des anecdotes cocasses ou scabreuses. Le mariage historique a enfin eu lieu.

La princesse reçoit les mêmes honneurs que les filles de Ramsès II nées d'Isinofret ou de Néfertari, qui sont devenues, elles aussi, les épouses du pharaon. Son nom est gravé sur les temples. Elle apparaît sur toutes les représentations. Pendant un an, le couple fait l'objet de toutes les vénérations. Pour l'anniversaire du mariage royal, une nouvelle inscription rappelant l'entente historique entre le Hatti et l'Égypte est placée dans les plus grands temples d'Égypte.

En femme qui sait tenir son rang et qui comprend l'enjeu d'une telle union, Binanath abandonne son mari à la jeune princesse. Mais ses yeux ont déjà perçu que la beauté de la jeune princesse se fanera vite. Le temps joue en sa faveur. Très vite, le pharaon se désintéresse de cette femme qui se met à grossir et qui se montre sèche, plus encline à diriger une maison qu'à illuminer le couple royal d'une beauté irradiante. Seule Néfertari a toujours été digne de l'accompagner. Aussi la princesse hittite sera-t-elle reléguée dans le harem du Fayoum.

L'entente entre le Hatti et l'Égypte n'en demeure pas moins solide. Des messagers font fréquemment la route de la ville de Hattousa à Pi-Ramsès. Même le frère de la princesse hittite, l'héritier du trône, passe quelque temps en Égypte.

Ramsès II prend, cependant, un plaisir certain à fréquenter les femmes de son harem, qu'elles soient anciennes princesses prisonnières de guerre ou épouses secondaires égyptiennes. Il voit donc fréquemment la princesse syrienne dans le harem royal de Ninsu, situé en bordure du Fayoum, parce qu'elle en est la responsable. Sans doute en est-elle aussi la plus âgée.

Les femmes du harem considèrent chaque visite du pharaon comme un honneur mais elles ne passent pas leur temps à l'attendre. Le harem de Miver, comme les autres harems royaux, est peuplé de femmes actives qui veillent sur leurs enfants et leur apprennent la manière de confectionner les vêtements. Ces femmes prennent plaisir à créer des tuniques pour le pharaon mais aussi pour les fonctionnaires importants de la cour. Elles utilisent les étoffes entreposées à Miver et font ensuite parvenir les vêtements jusqu'à Pi-Ramsès.

Ces femmes savent aussi fabriquer leurs crèmes ou leurs onguents, leurs petits coffres à parfums ou à maquillage. Elles s'appliquent à créer des fioles au verre teinté et transparent, utilisent l'ivoire ou le bois. Quand elles ne fabriquent pas elles-mêmes les objets, elles surveillent leur élaboration en exigeant un raffinement digne de la vie du harem.

Avant de travailler pour la reine Binanath, la princesse syrienne a, elle aussi, reçu au palais des robes agréables au toucher. Mais, comme les autres épouses royales, elle s'estime encore bien traitée. Chaque jour, la nourriture du harem est abondante et riche. Le pharaon est extrêmement généreux. Il ne vient jamais sans apporter des bijoux ou des fleurs. Il en fait souvent envoyer de Pi-Ramsès. Il lui arrive même d'offrir à ses épouses un terrain à exploiter ou une maison. Les serviteurs du harem, qui sont obligatoirement des hommes, sont nombreux et obéissants.

Les visites du pharaon sont l'occasion de grandes fêtes et de délicieux banquets. Ramsès II apprécie, en effet, la bonne chère et le vin miellé. Il aime être entouré de ses nombreux enfants. Si l'époque est loin où le pharaon avait ordonné de faire bâtir un château fortifié entre l'Égypte et la Phénicie et de le placer sous la protection des divinités Soutekh, Astarté, Amon et Ouadjit pour accueillir sa princesse syrienne, il n'en apprécie pas moins sa compagnie et joue volontiers aux dames avec elle. Il juge ces femmes hittites, qui portent, dans le harem, des têtes de gazelle sur leur front, plus sensuelles et plus lascives que les Égyptiennes.

Jamais le pharaon ne se lasse d'être ainsi entouré de ces belles femmes aux voiles transparents, très peu vêtues, qui le couronnent de fleurs, lui font déguster des pâtisseries ou lui préparent des boissons qui éveillent les sens. Cette compagnie le change de celle de ses amis de chasse, plus austères et plus rustres.

Certaines épouses lui prédisent un avenir paisible et une très longue vie. Même s'il n'ajoute guère foi à ces prédictions, il plaît au pharaon d'être flatté et complimenté. Il ne sait pas résister aux caresses et aux belles paroles de ces femmes qui lui sont dévouées, même si la jalousie les fait parfois se heurter entre elles.

Plus encore que les épouses secondaires, dont il se fatigue vite et qui portent une couronne de fleurs, à l'instar des filles du pharaon devenues épouses royales, il aime voir évoluer les jeunes débutantes qui dansent et chantent pour son plaisir. Il arrive fréquemment à une vingtaine d'entre elles de l'accompagner dans ses promenades, presque nues. Le pharaon les regarde évoluer non sans désir et respire leur parfum tenace où domine l'encens. D'autres s'embarquent avec lui dans le plus simple appareil pour une flânerie sur le Nil.

Le pharaon apprécie aussi la diversité. S'il choisit de temps à autre une femme mûre qui lui a déjà donné des enfants ou s'il rend visite à son épouse syrienne, il passe d'autres fois de chambre en chambre à la recherche d'une nouvelle femme dont le corps est encore jeune et ferme.

L'organisation du harem ne lui cause aucun souci. Ses deux responsables contrôlent parfaitement les scribes, les gardiens et les fonctionnaires de moindre importance qui s'activent tous avec efficacité. Ils distribuent leurs ordres aux serviteurs, aux travailleurs et aux paysans qui exploitent les terres fertiles du harem, comptent les bêtes des troupeaux, surveillent la pêche et les produits sortant des ateliers, évaluent les impôts.

La princesse syrienne reçoit toutes les nouvelles épouses que le pharaon a choisies. Celles-ci arrivent avec leurs propres enfants et leurs servantes mais elle lui en conseille parfois quelques-unes qui lui paraissent belles et douées pour les arts. Lorsque l'une des dames du harem lui semble fanée ou peu appréciée, la princesse hittite propose au pharaon de la donner en mariage à l'un de ses fonctionnaires afin qu'elle poursuive sa vie enviable et honorable.

La Grande Épouse Royale Binanath, qui est supérieure à elle, se rend parfois au harem pour recevoir, elle aussi, les princesses qui viennent d'obtenir le titre d'Épouse Royale. Mais elle visite également les autres harems, celui de Memphis ou de Thèbes, ainsi que le harem d'accompagnement du palais, destiné à agrémenter les voyages du roi.

Pourtant, aucun harem n'est plus agréable à Ramsès II que celui de Miver car il fait ainsi alterner ses parties de chasse ou ses journées de pêche dans le lac avec des soirées délicieuses. Dans cette région, les oiseaux sont si nombreux et la végétation si dense qu'ils invitent déjà à la rêverie préludant aux douceurs vespérales.

*
* *

Le pharaon n'a pas rêvé aussi précisément à Néfertari depuis bien longtemps. Son image l'a hanté pendant toute la nuit. Il est conscient qu'aucune femme ne l'a remplacée dans son cœur. Sa princesse hittite l'a comblé pendant une dizaine d'années. Binanath est très attentive à son bien-être. Isinofret a été obéissante et discrète. Toutes les autres femmes, ses filles-épouses, les dames du harem, les jeunes et gaies débutantes qui découvrent la vie et lui font partager leur joie se montrent prévenantes. Pourtant, aucune ne parvient à effacer le souvenir de l'être aimé. Plus qu'aucun autre jour, le pharaon a besoin de sentir auprès de lui une présence féminine. Peut-être cherche-t-il aussi à s'étourdir pour ne plus songer au beau visage de Néfertari qui le hante. Nostalgique et fragile, il décide de se rendre une fois de plus au harem du Fayoum et invite ses amis chasseurs à le rejoindre.

Dès qu'il est annoncé, la princesse hittite se précipite pour le recevoir.

— Pourquoi ne pas m'avoir fait dire que tu venais ? s'exclame-t-elle. Je n'ai rien préparé. Il m'est désagréable de te recevoir ainsi alors que chacune de tes visites est pour nous une joie. De nouvelles femmes t'attendent et j'ai hâte de te faire découvrir leurs charmes.

Le pharaon reste muet. Il la suit avec un sourire triste sous la tonnelle qui ombrage l'entrée du harem. Les portiers s'effacent et se courbent sur son passage. Après avoir traversé plusieurs pièces, tous deux arrivent dans la salle principale aux magnifiques colonnes. Sur le toit de cette pièce paressent au soleil de fines épouses aux formes élancées. Des chambres voisines émanent d'envoûtantes et persistantes senteurs divines. Les sons d'une harpe puis d'un luth parviennent aux oreilles du pharaon, qui retrouve sa joie de vivre.

— À chaque fois que je te rends visite, la lumière réchauffe mon cœur attristé, dit-il à la Syrienne.

— Je ne suis pourtant guère digne de ta majesté. Mes formes se sont alourdies depuis que mon père m'a donnée à toi. Je fais attention à moi mais la vie agréable du harem n'incite pas au régime !

— D'où viennent ces mélodies ?

— Des pièces d'à côté. Ce sont tes filles qui apprennent à jouer et à danser avec des professeurs.

Le pharaon observe un instant les serviteurs qui nettoient les sols avec de l'eau parfumée et du natron.

— Ce n'est pas ton rôle de diriger les domestiques. Mais es-tu satisfaite de leur travail ?

— Certainement, répond aussitôt la Syrienne. Ils te sont tout dévoués !

Ramsès II regarde avec mélancolie les murs de la salle. Des canards s'envolent des fourrés bordant le Nil et du lac du Fayoum entouré de papyrus aux tiges hautes et souples. Des oies courent sur les fresques. Les sols, bleus, laissent deviner les nénuphars qui recouvrent les marais et des poissons sautant hors de l'eau. Des lotus s'ouvrent. Les colonnes de la pièce se terminent en bouquets de fleurs ou en grappes de raisin. Les portes sont entourées de plaques brillantes, couleur turquoise.

Des jarres, également du bleu le plus profond, couleur du ciel, contiennent les boissons et les mets que les serviteurs s'apprêtent à disposer sur les tables. Le long des murs, des coffres aux décors ajourés, ornés de dessins dorés et ivoirins, recouverts de coussins en peau de chèvre, invitent au délassement en servant de bancs. Des vers amoureux, composés par des poètes de passage, agrémentent le haut des portes. Des guirlandes de fleurs entourent les cols des vases. Tout n'est qu'enchantement.

— Te voilà bien loin, lui dit la Syrienne. À quoi penses-tu ?

— Je le reconnais, répond le pharaon. Plus loin encore que tu ne le penses. Cette nuit m'a emmené dans l'autre monde auprès de Néfertari. Et toute cette décoration évoque son sens de l'esthétisme. Elle ressemble tant à celle de sa propre chambre de Pi-Ramsès !

— Tu ne parviens pas à l'oublier ?

— Son souvenir me hante. Ce rêve était si net !

Osiris m'a pris par la main pour me conduire dans la Vallée des Reines.

— L'âme de Néfertari est plutôt venue te visiter. Quoi de plus normal ? Elle aussi t'aimait. Elle t'aime aujourd'hui là où elle se trouve. Vous vous retrouverez un jour. En attendant, il lui plairait que tu te distraies et que tu ne sois plus triste. Laisse-toi aller et oublie tes soucis. Tu vas connaître ce soir l'une de tes plus belles nuits. Après celle que les dieux t'ont imposée, celle-ci sera exceptionnellement voluptueuse. Fais-moi confiance.

— Je m'en remets à tes goûts et à tes idées, lui répond, ravi, le pharaon. Je crois, en effet, que tu sauras me distraire. Je n'en doutais pas en venant ici.

— Tu as bien fait, lui dit la Syrienne en lui prenant doucement la main. N'ai-je pas toujours agi pour ton bien ? En attendant, que dirais-tu de rendre visite à tes enfants ?

Le pharaon lui sourit et la suit jusqu'aux appartements des enfants royaux où Binanath a mis au monde les enfants qu'elle a eus de son père. En le voyant entrer, les nourrices tombent à genoux et le saluent.

Là se trouvent également de jeunes nobles qui bénéficient des cours que reçoivent les fils de Ramsès II et que le pharaon aime particulièrement, au point de leur destiner certaines de ses filles. Dès l'âge de cinq ans, ils sont confiés à un scribe qui leur enseigne l'écriture hiératique et les textes du moyen égyptien. Ils apprennent le *kémyt* du IIIe millénaire avant J.-C. l'*Hymne du Nil,* les leçons d'Amenemhat Ier, et recopient pour mieux les retenir les dictons de Hardjedef. Ils s'initient ensuite à l'écriture du Nouvel Empire et effectuent parfois quelques stages auprès de hauts fonctionnaires, à l'instar des autres petits Égyptiens. Des compositions complètent leur apprentissage. Comme les élèves scribes, ils connaissent la géographie, les tournures littéraires, l'orthographe.

Les fils d'anciens rois captifs d'Égypte se mêlent à eux pour écouter cet enseignement en espérant repartir un jour dans leur pays, riches de cet apprentissage. L'un d'entre eux s'avance précisément vers le pharaon et le remercie des richesses que le maître lui apporte.

— Crois bien, Aimé d'Amon, que je te serai toujours reconnaissant de la formation que j'aurai reçue en Égypte. Si je rejoins les montagnes de mon pays, je t'offrirai des femmes dignes de toi avec un riche mobilier, des animaux rares et des bijoux en or.

— Grâce à cet enseignement, tu pourras devenir conseiller ou haut fonctionnaire, lui dit Ramsès II. Tu porteras des vêtements de lin. Tu posséderas des chevaux, des bateaux, des serviteurs, des villas. Tu acquerras un poste important. Des paysans exploiteront ton domaine. Des esclaves te serviront. Jamais tu ne feras de tâche fatigante. Jamais tu ne t'useras les mains en travaillant l'argile. Jamais tes mains ne seront abîmées comme celles des laveurs qui font du porte-à-porte pour nettoyer les vêtements et les draps d'autrui. Tu seras toujours respecté. Car de même que les Égyptiens savent reconnaître le courage et les talents, les habitants de ton pays se montrent perspicaces et justes. Tu vas apprendre l'histoire de ton pays, les contes des magiciens égyptiens, les anecdotes des bâtisseurs de pyramides, les récits policiers et ceux des débuts de l'Égypte et de l'expulsion des Hyksos. N'as-tu pas déjà visité les tombes de mes ancêtres, les rois d'Égypte ?

— Plus d'une fois ! Et je lis en ce moment les contes populaires dont m'ont parlé tes fils. J'ai beaucoup apprécié les légendes des deux Frères et les histoires de fantômes. J'aime les poèmes lyriques que j'ai entendus lors des banquets donnés dans ce harem. Le scribe m'en apprendra quelques-uns qu'il a lui-même composés pour les dernières réjouissances.

— N'oublie jamais ce que tu viens de me dire et tu n'auras pas le souci plus tard de voir tes champs ravagés par les rats, les locustes ou les troupeaux, car tu ne seras pas un paysan mais un notable. Le fermier est ruiné par les voleurs. Il prétend que les collecteurs d'impôts le frappent et lui prennent son bien et qu'il lui faut travailler dans les carrières pour survivre. Toi, tu connaîtras une toute autre vie.

Après avoir écouté les remerciements de l'adolescent, le pharaon fait alors le tour des enfants du collège. Puis il se retire afin de laisser leur maître poursuivre le cours.

— La vie dans ce harem ne te pèse-t-elle pas ? demande-t-il à son épouse syrienne.

— Aucunement. Si ce n'est peut-être les manœuvres des parents de tes épouses secondaires quand ils viennent habiter ici, celles de leurs conseillers ou les jalousies que certains enfants éprouvent les uns à l'égard des autres. Quoi de plus normal, au demeurant, puisqu'ils n'ont pas tous le même rang et que les enfants ne conçoivent guère les inégalités ?

— Telle est la loi de la vie. Ils doivent le comprendre le plus tôt possible.

La Syrienne le regarde d'un air attendri. Habitué aux affaires nationales ou internationales, le pharaon n'est pas le mieux placé pour juger de la capacité d'adaptation d'un enfant.

— Mes épouses s'entendent-elles ?

— Si on veut... Aucune n'a jamais cherché à imposer son fils au détriment du prince héritier, mais toutes souhaitent en secret que tu choisisses leur enfant pour le nommer prince. Quel honneur pour elles si cela se produisait un jour ! Leur propre fils pharaon ! Elles en rêvent et finissent par devenir désagréables les unes envers les autres. Quand elles arrivent ici, elles se montrent réservées, voire timides. Mais elles sortent vite les griffes, chacune se croyant la préférée !

— Il est vrai qu'elles le sont toutes les unes après les autres mais leurs espoirs sont vains.

— J'ai beau le leur dire, rien n'y fait.

— Sois attentive. Je ne voudrais pas que ces disputes dégénèrent en complots comme on en a vu il y a quelques années.

— Tu penses à Amonmat, fondateur de la XIIe dynastie ?

— Entre autres. Il arrive que des femmes complotent avec des soldats pour abattre un pharaon.

— Tes mauvais rêves te font imaginer la pire des situations. Craindrais-tu qu'Osiris ne t'entraîne ce soir dans son royaume ? Rassure-toi. Ici, tout le monde te chérit. S'il existait un embryon de complot, je le saurais. Maât-Hor Neferure sait tout.

— Je l'espère, dit Ramsès II.

Le pharaon se laisse bientôt bercer par les tendres promesses de la Syrienne. Il accepte une collation, joue avec elle au *sénet* jusqu'à ce que la nuit enveloppe le harem d'une obscurité adoucie par les astres.

Alors, les serviteurs préparent le banquet. Des pétales de fleurs sont jetés sur les dalles vernissées des sols qu'ils embaument. De fortes senteurs se répandent dans la salle du festin. L'odeur des mets gagne les chambres. Le pharaon s'installe et se fait éventer avec de gigantesques plumes d'autruche. Les épouses du roi rentrent les unes après les autres. Elles sont vêtues de robes si légères que leurs formes menues se devinent à chacun de leurs pas. Leurs chevelures longues et noires brillent dans les ténèbres à la lueur des torches. Leurs dents resplendissent de blancheur entre leurs lèvres carminées. Toutes espèrent terminer la nuit avec Pharaon. Toutes battent des cils comme des hiérodules dans l'attente d'un amant. Les serviteurs apportent alors d'énormes vasques pleines de fruits mûrs aux rondeurs appétissantes.

Ramsès II ne distingue plus les oiseaux peints sur les murs volant au milieu des lotus ni les poissons jaillissant de l'eau. Il ne sent plus que le parfum voluptueux de ces belles femmes aux coiffures défaites et aux bracelets d'or.

Trois cents femmes défilent sous l'œil vigilant du chef du harem chargé de les mener, consentantes, à l'amour, et sous le regard non moins sévère du chef de cérémonie aux cheveux longs, attentif aux chants et au défilé des épouses royales. Par de simples claquements de doigts, tous deux donnent leurs ordres de loin.

Les femmes passent derrière le pharaon. Là se trouve une immense vasque d'eau encadrée de colonnes multicolores. Puis elles reviennent auprès de lui. Se dénudant, elles esquissent quelques pas de danse, le corps lisse et rasé, les ongles peints, rouges comme leurs lèvres, les yeux largement soulignés de khôl. L'une s'empare alors d'une fleur aux senteurs opiacées et l'accroche au vêtement de Ramsès II ; une autre ouvre une pastèque très fraîche et en porte un morceau aux lèvres du Maître ; une autre approche le damier sur lequel Ramsès II aime jouer et dispose les pions à têtes d'animaux sur les carrés prévus à cet effet. Mais l'esprit de Pharaon n'est plus au jeu de *sénet*.

Après le souper, Ramsès II se dirige vers les chambres. L'eau du bassin central frémit à peine sous les mouvements endormis des canards qui ont leur bec enfoui dans leurs plumes. Dans chaque chambre, dont la porte est entrouverte, se trouve un lit recouvert de coussins soyeux remplis de plumes.

— Arrête-toi ici, lui conseille la Syrienne à l'oreille. Je vais te faire apporter de la bière et du vin. Demain, tu partiras à l'aube sur une barque dorée avec une dizaine de tes femmes les plus jeunes simplement vêtues d'une résille d'or. Tu pourras te reposer tandis que ton esprit se repaîtra de leurs corps ramant devant toi. Et quand les rames de pierres précieuses et d'or s'enfonceront dans l'eau du lac, tu te laisseras chauffer par les rayons naissants en te reposant de cette nuit.

Dans chaque alcôve, le pharaon devine le cœur des femmes qui bat en se demandant laquelle sera choisie. Dans la pénombre transpirent des sentiments divers, faits d'envie, d'espoir, d'amour et d'ambition. Certaines espèrent convaincre le pharaon de choisir leur fils comme héritier ; d'autres souhaitent lui donner un fils plus fort que ne lui en ont donné les autres femmes.

Plus il multiplie ses enfants, plus Ramsès II est conscient qu'il soulève les dissensions et les risques de voir un jour l'un d'entre eux comploter contre lui après avoir compromis ses officiers.

— Décide-toi, lui dit la Syrienne.

Ramsès II entre finalement là où le lui conseille son épouse hittite. Il se trouve en face d'une femme svelte dont le corps est à peine voilé d'un fin tissu plissé et qu'il n'a pas aperçue dans la salle du festin. Ses traits paraissent si jeunes qu'elle ne connaît sans doute rien des voluptés de l'amour. Le pharaon la sent frémissante et émue. Aussi se laisse-t-il séduire par sa juvénile apparence. Son voile tombe et il revient aux oreilles de Ramsès ce chant poétique et amoureux qu'il entendait chanter par un artiste dans ses instants précieux d'intimité avec Néfertari : « Ta grâce fait revivre mon corps ; ta voix fait renaître mon cœur ; je t'aimerai jour et nuit ; comme la datte mélangée au miel, nous nous unirons. Si j'étais un anneau autour de ton doigt, je ne te quitterais jamais. Tu m'as rendu amoureux en me regardant avec la fraîcheur de la jeunesse. »

En cet instant, Ramsès II retrouve Néfertari grâce aux ténèbres que jette sur eux le dieu de la Nuit. Il est enfin heureux.

V

— Tu devrais inviter Hattousil, dit un jour Binanath à son mari, dont elle est redevenue la conseillère vigilante et écoutée.

Ramsès II envoie immédiatement une lettre au roi du Hatti en lui promettant de venir l'attendre à Canaan mais Hattousil n'est guère favorable à ce voyage. Il souffre de brûlures aux pieds, qui lui rendent tout déplacement impossible. « *Si les médecins hittites étaient aussi habiles que les médecins égyptiens, je serais sans doute guéri !* » écrit-il à Ramsès II en lui réclamant l'aide d'un bon praticien pour le roi Kurunta et pour sa sœur stérile.

S'il envoie au roi le docteur Pariamakhu, fin connaisseur des pouvoirs des plantes, Ramsès II révèle au roi du Hatti son impuissance à aider sa sœur.

— Elle a soixante ans, déclare-t-il à Binanath en se moquant du roi hittite. Qui pourrait composer des décoctions pour la rendre féconde à cet âge !

— Envoie à ton frère, le roi du Hatti, un magicien doué dans ce domaine, lui répond Binanath. Cela le contentera et redonnera espoir à sa sœur.

Le roi hittite propose alors au pharaon une autre de ses filles en mariage.

— Je suis incapable de refuser, tu le sais bien, confie-t-il à Binanath.

— Surtout lorsque la dot est importante ! rétorque la reine, qui a retrouvé son assurance.

Ce second mariage est aussi éclatant que le précédent. Les rois vassaux apportent, eux aussi, de l'or, de l'argent et des pierres précieuses à la cour égyptienne. Le roi hittite fait précéder sa fille d'un butin somptueux, d'un nombre de chevaux et de chèvres impressionnant et, comme le rapportent les poètes, ce ne sont plus les soldats ou les fonctionnaires qui apportent ces présents mais les dieux eux-mêmes.

Le père des divinités les dépose aux pieds de Ramsès II dans la quarantième année de son règne, alors qu'il est « dieu-roi d'Héliopolis ».

* *

Tous les hauts dignitaires, dans leur tenue de fête aux couleurs variées, sont réunis dans la salle de réception du palais. Ils attendent autour de Ramsès II sans dire un mot, conscients de l'importance de ce nouveau mariage diplomatique. Le trône de Ramsès II a été placé sur une estrade. Binanath est assise à côté de lui. Ses enfants se trouvent également sur l'estrade. Toute la famille resplendit sous les gorgerins, les bracelets, les colliers les plus beaux, parfois si lourds à porter qu'ils leur ôtent toute possibilité de mouvement.

Avant l'arrivée de la princesse, un somptueux cortège défile devant Ramsès II. Ce cortège est si long que les derniers Hittites qui le constituent ne sont pas encore parvenus aux portes de Pi-Ramsès quand les premiers saluent déjà le roi en son palais. Des jeunes filles, presque nues, de la plus pure beauté, ornées seulement de fleurs, agrémentent ce défilé constitué de troupeaux importants. Ramsès II sait qu'il pourra conserver certaines de ces jeunes filles dans son harem.

Des gardes surveillent attentivement le défilé des chars. Pendant tout le voyage qui les a conduits de la capitale syrienne jusqu'au delta du Nil, ils ont été vigilants en devinant que le roi du Hatti, leur maître, et le roi d'Égypte les récompenseraient pour leur travail. Alors passent devant le pharaon les premiers véhicules transportant les instruments de musique, les petits coffres de bijoux, l'or et l'argent, les vases et les pierres semi-précieuses.

La princesse s'avance, accompagnée de servantes belles et d'origine noble, de jeunes serviteurs très discrets et d'autres, plus âgés, à la carrure musclée. Elle est habillée de lin blanc. Sa robe, dont le haut est recouvert d'un épais et large collier miroitant de couleurs rouges, bleues et vertes, est plissée comme les tenues égyptiennes. Sur sa perruque courte domine un diadème dans lequel ont été plantées les tiges de trois fleurs odorantes.

Tous ceux qui escortent la princesse sont vêtus à l'identique, en lin blanc plissé. Ils portent de nombreux bijoux.

Le pharaon s'émerveille de la beauté des jeunes femmes qui précèdent la princesse. Celle-ci est assise sur son char, conduit par une adolescente aux seins nus et aux cheveux défaits. Ramsès II observe l'attelage qui s'avance vers lui. La princesse descend alors du char et marche jusqu'à son trône, entourée de son escorte, de ses amis et de sa dot. Un char contenant des armes s'arrête à proximité. Il contient des arcs, des javelots, des poignards, de courtes épées, des boucliers savamment décorés de scènes guerrières ou mythologiques. Un autre char présente un trésor et un mobilier de premier choix : des coffres de toute grandeur, des fauteuils aux pieds sculptés, aux accoudoirs et aux dossiers travaillés avec art, des tabourets pliants, des chaises à pieds de lion et de bouc, des lits en bois africain aux montants dorés et ivoirins, des peaux de fauves, des besaces en cuir, des bas-reliefs aux scènes nilotiques composées de barques avec leurs voiles déployées, de palmiers et de Nubiens s'affairant sur les rives du fleuve.

Le pharaon est alors attiré par une caisse d'une dimension gigantesque d'où dépasse une tête de girafe. En voyant son regard étonné, la princesse, qui est maintenant toute proche, sourit discrètement. Elle le salue courtoisement ainsi que le lui a vivement recommandé son père, puis elle lui fournit une explication.

— Cette girafe vient de Nubie, lui dit-elle. Les bœufs qui l'accompagnent te sont donnés en plus de ce qui était prévu par mon père, le roi du Hatti, pour les prochaines fêtes d'Opet.

Ramsès II montre sa satisfaction.

— Mon frère, le roi du Hatti, a respecté sa parole. Je suis touché qu'il ait ajouté à ses nombreux dons des animaux d'une telle rareté.

Puis le pharaon se lève.

— Je bénis en ce jour Amon de me faire rencontrer une princesse aussi jolie. Que sa fraîcheur se répande dans ce palais et qu'elle y sème la joie et le bonheur. La cérémonie peut commencer. Es-tu prête à adopter les mœurs et coutumes égyptiennes ?

— Oui, fils du dieu Rê, lui répond la princesse en retrouvant son sérieux.

— Je me suis levé tôt pour t'accueillir, lui dit encore le pharaon. Tandis que j'étais assis sur un fauteuil et que mes serviteurs apportaient un broc, une cuvette, des éventails et des chasse-mouches, je pensais à toi. Des scribes lisaient mon courrier et je leur dictais mes dernières directives mais mon esprit était déjà près de toi. Je ne distinguais plus les serviteurs qui déambulaient dans les pièces ou les escaliers en portant des sacs sur leur tête, des jarres d'eau ou de victuailles à l'aide de planches posées sur leurs épaules. Le manège des pages enduisant les murs de natron pour faire fuir les insectes et les rats, suspendant des oignons devant ma chambre ou étalant de la graisse de loriot ou du frai pour chasser les serpents me rendait indifférent. Je ne sentais même plus cette odeur infâme d'excréments de gazelle brûlés pour faire fuir les rongeurs ni cette odeur plus agréable d'encens, de résine et de térébinthe parfumant les coffres à vêtements. J'avais hâte de te voir car ton père m'avait vanté ta beauté.

La princesse lui adresse un regard inquiet.

— Rassure-toi. La description qu'il m'avait faite de toi est en dessous de la réalité. Il te faudra aussi te plier aux habitudes du palais. Les Égyptiens vivent au rythme de l'inondation du Nil, que protègent le dieu Hâpi et son épouse Repyt. Au mois de juin, la sécheresse menace tout le pays. Pendant quatre mois, le Nil recouvre la vallée. Les Égyptiens fêtent cette saison d'*akhet*. Pour remercier le dieu, ils jettent à Om les livres du Nil dans le fleuve. Puis vient la saison des semailles, la saison de *péret*, et celle des récoltes. Nous avons ajouté cinq jours à cette saison de *chémou* pour arriver à une année de trois cent soixante-cinq jours. Quand le Nil s'apprête à déborder, l'étoile Sôpdit apparaît. C'est le début de l'année. Nous organisons alors la fête d'Opet.

Bien qu'elle connaisse parfaitement les coutumes égyptiennes, la princesse l'écoute avec attention.

— Nos prêtres ont donné des noms aux heures, poursuit le pharaon. Toutefois, si tu ne te souviens pas de ces noms, utilise des numéros. Si tu fais un mauvais rêve, prends un bain d'herbes humectées de bière, ajoute de l'encens et répands ce mélange sur ton visage. Je ne veux pas que les cauchemars envahissent les harems ou le palais. Je choisirai moi-même le prénom de tes enfants. Tu auras à ta disposition de nombreux domestiques. Sache encore que les Égyptiens se lèvent tôt.

N'écoute pas les agriculteurs qui tenteraient de venir se plaindre au harem. Ils se disent battus et exploités, se plaignent de leurs impôts et des voleurs mais leurs doléances sont souvent exagérées. Même les viticulteurs soupirent parfois alors que je leur achète très cher leur vin de Sin et d'Abech, ce qui n'est pas pour moi une obligation puisque j'ai fait planter des vignes dans le delta et que nous possédons des centaines de jarres au palais sur lesquelles figurent l'année des récoltes et les noms des vignerons qui s'en occupent. À chaque récolte, les scribes notent tout sur leurs registres et envoient la production aux greniers des institutions et au Trésor royal. Mais j'en laisse une bonne part aux paysans !

J'ai également fait planter de nombreux sycomores, des jujubiers et des tamaris pour ombrager les terres. Quand le sol n'est pas suffisamment irrigué par les crues du Nil, je facilite l'ensemencement avec des charrues ou des troupeaux de porcs. Tu vois que je suis attentif au bien-être de mon peuple !

— Je n'en doutais pas, fils d'Amon, mon futur maître, répond la princesse.

Sur un signe du pharaon, les dignitaires se rapprochent. La princesse monte sur l'estrade pour prononcer les formules consacrées. Les droits de la princesse, les dons que les futurs époux se font mutuellement et les obligations du pharaon sont rappelés longuement. Au terme de cette énumération un peu fastidieuse, à laquelle chacun est néanmoins attentif, le pharaon déclare avec solennité :

— Elle est mon épouse, et je suis son mari à partir de maintenant et pour l'Éternité.

La princesse reprend les mêmes mots de sa voix juvénile.

— Voici mon mari, dit-elle. Je suis son épouse dès aujourd'hui et à jamais.

— Je te remercie d'apporter ton consentement à la prospérité de l'Égypte car, en me donnant de nouveaux enfants, tu contribueras à l'agrandissement et à la richesse de ce pays. Tu ne bénéficieras pas des avantages de la Première Épouse Royale mais tu seras traitée avec le plus d'égards possible.

La princesse s'incline devant lui et devant la famille royale. Alors commencent les réjouissances. Le peuple égyptien acclame le nouveau couple, satisfait que cette alliance renforce encore une fois les liens d'amitié que le roi d'Égypte entretient avec le roi du Hatti. Les commerçants et les voyageurs disent leur soulagement de pouvoir circuler en toute liberté. Les femmes sont heureuses de garder leurs fils auprès d'elles plutôt que de les savoir au combat.

Dans chaque demeure, un banquet a été préparé. Les hauts dignitaires, qui possèdent des résidences d'un ou plusieurs hectares dans la cité ou à la campagne, ont organisé une fête et invité de nombreux amis. Des coffres de brique des vestibules ont été sortis les vêtements d'apparat et le linge le plus fin. Les spacieux appartements, entourés de cours, ont été décorés de fleurs ainsi que la maison plus modeste des serviteurs, située à l'est des propriétés. Les chiens ont été sortis des chenils et les chevaux des écuries pour une partie de chasse, leurs maîtres espérant ramener des oryx en l'honneur de Rê. Des archers ont été réunis. Les chasseurs accompagneront les ramasseurs de miel et de résine. Les oies, les gazelles, les cerfs, les bouquetins vaquent en toute liberté dans les parcs. Les vaches, auxquelles les Égyptiens donnent des noms, paissent également dans un endroit plus sauvage où sont enfermés des hyènes et des addax.

Les jardins, aux dessins géométriques, ombragés d'arbres de toutes espèces, bordés de ceps de vigne, ont été taillés et les kiosques aménagés pour les collations. Partout, des baraques de bois contenant des boissons fraîches ont été approvisionnées. La bière rafraîchit sous les feuilles. Les serviteurs nettoient les pièces d'eau où flottent les nénuphars et s'ébrouent les canards, avant d'y faire glisser les frêles barques pour d'éventuelles promenades au soleil.

Épilés de près, frictionnés avec de l'encens, lavés à l'eau de natron, la bouche rincée avec de l'eau et du *bed*[1], parés de colliers à plusieurs rangs de perles et de pendentifs en jade ou en cornaline, la perruque frisée, les notables de Memphis et de Thèbes s'apprêtent à recevoir comme ceux de Pi-Ramsès. Dans leurs longues robes plissées en lin, ils ont sorti leurs services d'albâtre et de faïence colorée, leur vaisselle en poterie décorée de fleurs ou de dessins géométriques. Les guéridons ont été garnis de plats froids. Les nattes ont été placées de manière que chaque invité déjeunât avec l'un de ses amis. Mais ceux qui souhaiteraient manger assis ont à leur disposition des chaises à petit dossier où des fauteuils profonds.

Quand les notables habitent dans des maisons urbaines, les toits-terrasses ont été recouverts de fleurs. Les tabourets à coussins et les matelas de paille sont prêts à accueillir les nombreux invités pour un festin digne de celui du palais. La maîtresse de maison a répandu des onguents sur sa perruque courte. Les joueurs de luth et de flûte s'exercent au milieu des danseuses.

Mais dans les maisons plus modestes, faites de brique ou de papyrus calfaté avec du limon, la joie est identique.

Après s'être régalé de viande de lait, de poissons

---

1. Sel.

crus séchés au soleil et de cailles, le pharaon se retire dans ses appartements au début de l'après-midi avec sa nouvelle épouse. Un page lui dénude le torse et chausse ses pieds de sandales dorées. Ramsès II porte encore l'*uraeus* et la couronne de Basse et Haute Égypte. Il offre à la princesse un bouquet de fleurs que lui tend le jeune serviteur puis il verse sur ses bras et ses épaules des parfums frais. La princesse syrienne s'agenouille à ses pieds sur un coussin pourpre. Elle laisse glisser de ses épaules son vêtement souple révélant un corps plus blanc que la plupart des Syriennes, qui plaît d'emblée au pharaon.

Le page se fait discret. Il dépose dans la pièce des sistres d'argent pour chasser les mauvais esprits, quelques coffres faisant partie de la dot, un trépied en électrum présentant des fruits juteux, et dispose des oreillers en bois sur lesquels est représenté le dieu Bès, laid mais sympathique, qui éloigne les esprits pernicieux. Il éteint quelques bougies, répand sur celles qui restent allumées des gouttes de parfum et vient s'asseoir auprès de son maître qu'il évente avec de longues plumes d'autruche. Mais la princesse, habile malgré sa jeunesse, lui fait signe de lui donner l'éventail dont elle effleure les épaules de Ramsès II dans un mouvement régulier et tranquille.

— Tu peux te retirer, dit Ramsès II à son serviteur.

Alors, la nouvelle épouse s'empare de la fiole que le page a placée à côté de lui puis elle enduit lentement et doucement le corps du pharaon d'huile parfumée. Tout en s'exécutant, elle lui murmure à l'oreille :

— Aujourd'hui, je suis ta préférée. De même que j'ai fait en Syrie pousser de nombreuses plantes, sème dans mon corps impatient la graine qui me donnera un robuste enfant. Que ta main se promène sur mon corps car je suis heureuse que nous soyons unis. Ton odeur m'enivre comme le vin. Ta voix me berce comme celle du poète. Je veux me repaître de toi et ne plus vivre que d'amour.

Le pharaon s'étend sur les pétales qui jonchent le sol. Puis il se lève dans la semi-obscurité et entraîne la princesse vers le lit d'or. La jeune femme s'allonge près d'un buste du pharaon dont les yeux en pierres brillent dans la nuit. Non loin du lit a été déposée une représentation de la déesse des accouchements et de la fertilité. Une lampe en forme de vasque projette leurs ombres sur les murs de la chambre.

— Tes seins sentent tous les parfums des arbres de l'Égypte et mon cœur est suspendu à tes désirs, murmure le pharaon.

Des stèles commémorent ce mariage. Mais la nouvelle reine rejoint bientôt sa sœur dans le grand harem de la province du Fayoum.

*
* *

Ramsès II est comblé. Il a l'impression d'avoir construit une famille telle qu'il l'a toujours souhaitée, avec de très nombreuses femmes qu'il apprécie et qui lui ont donné tant d'enfants qu'il est impossible aujourd'hui d'en donner avec certitude le nombre exact. Mais une seule lui a fait battre le cœur. Une seule a été capable de lui faire verser une larme : Néfertari.

Le pharaon a pourtant une existence bien remplie. Grand bâtisseur, conquérant, sa vie ne laisse guère de place aux loisirs et au dilettantisme. Les harems sont, cependant, pour lui indispensables. Il lui plaît de les multiplier dans les différentes villes égyptiennes où il choisit de faire étape, notamment lorsqu'il part en inspection. Ramsès II possédait déjà un harem lorsqu'il était régent. Six reines ont jalonné son parcours pharaonique. Ce serait une erreur de voir dans cette multiplication de femmes un mépris pour la gent féminine. Ramsès II avait, au contraire, une passion pour les femmes.

La première qu'il a adorée est sans doute sa mère Touya, qu'il a fait maintes fois reproduire sur les monuments. Des statues d'elle se trouvent en effet dans son temple du Ramesseum à Thèbes mais aussi à Pi-Ramsès. Elle apparaît souvent au côté de son fils, de Néfertari et de leurs enfants, notamment à Abou Simbel. Il lui est même arrivé de lui offrir des temples. Ainsi a-t-il fait élever en son honneur et en celui de Néfertari un petit temple à Thèbes aux magnifiques chapiteaux de grès sur les murs duquel sont représentés ses grands-parents et la naissance de Pharaon engendré par le dieu Amon.

Après la disparition de Binanath et de Merytamon, Nebettouy devient la Première Épouse Royale. Le pharaon lui fait construire une tombe dans la Vallée des Reines comme pour ses précédentes épouses.

L'une de ses sœurs, Hentmire, fait également partie de la vie amoureuse du pharaon. Il la choisit comme épouse officielle. Mais elle ne l'accompagne que rarement lors des fêtes. On la trouve souvent représentée sur les monuments. Une statue reproduit ses traits et la montre en compagnie de Touya. Le pharaon enterre sa sœur-épouse à Thèbes. Lorsque sa présence lui manque à la cour, il lui arrive de rendre visite à son autre sœur, Tiya, « la Prêtresse d'Amon », l'épouse d'un certain Tia. Tous deux se sont mariés avant que Ramsès II ne devînt pharaon. Tia a, depuis, reçu le titre d'intendant du Trésor du Ramesseum.

Bien que Ramsès II survive à nombre de ses filles, il traite celles qu'il lui reste avec beaucoup d'égards. La princesse Isinofret la Jeune reçoit ainsi des terres et des troupeaux.

Quant aux princes héritiers, ils se succèdent sans régner. Ramsès meurt en l'an 50 du règne. Khaemvaset, le second fils d'Isinofret, devient l'héritier en titre pendant cinq ans. Son frère, Merenptah, lui succède à son tour tout en confiant, à cause de son âge avancé, de nombreuses tâches au vizir Néferonpet et à d'autres hommes de confiance. C'est lui qui régnera alors que rien ne le prédispose à cette fonction. Il n'est, en effet, que le treizième fils de la seconde épouse.

Ramsès II aurait sans doute souhaité qu'un fils de Néfertari lui succédât. Le sort en décida autrement.

Ramsès survécut plus de quarante ans à sa Première Épouse Royale.

Tyi
et
Ramsès III

RAMSÈS III

LE NOUVEL EMPIRE
LES PHARAONS DE LA XXe DYNASTIE
Environ 1187/1186-environ 1069 avant J.-C.[1]
(Les dates sont hypothétiques et approximatives)

Sethnacht
Ramsès III
(env.1185/1184-env.1154/1153)
Ramsès IV
Ramsès V
Ramsès VI
Ramsès VII
Ramsès VIII
Ramsès IX
Ramsès X
Ramsès XI

FEMMES CONNUES DE RAMSÈS III

Grande Épouse Royale
Seconde Épouse
Tyi
De nombreuses autres épouses secondaires
dans les différents harems du pays.

---

1. K.A. Kitchen (Ramsès II, 1982, p. 326) propose 1187 av. J.-C.-1069 av. J.-C. et, pour Ramsès III, 1185 av. J.-C.-1154 av. J.-C.

I

La nuit a enveloppé depuis longtemps le palais de Pi-Ramsès, où habite le pharaon Ramsès III. Tout semble paisible. Tout dort. Pourtant, dans les appartements des femmes du harem qui suit le pharaon dans chacun de ses voyages ou de ses expéditions, une épouse de Ramsès III veille. Elle observe le ciel étoilé. Parfois, son regard se penche sur son fils, au souffle tranquille, l'enfant qu'elle a eu avec le pharaon. Elle éprouve pour Pentour une affection excessive. Sans doute l'adore-t-elle ainsi parce qu'il est le fils du maître de l'Égypte, mais elle lui trouve aussi bien des qualités. En fait, voilà des mois qu'elle y songe : Pentour mériterait de succéder à son père sur le trône. Elle sait pourtant que ce rêve est irréalisable et que le prince héritier est déjà prêt à prendre ses fonctions. La rumeur ne court-elle pas que Ramsès III est proche de sa mort ? Ne l'a-t-elle pas vu elle-même grimacer sous les douleurs et marcher avec peine ? « Pharaon va bientôt rejoindre l'autre monde, se dit-elle, pensive. Pourquoi Pentour ne régnerait-il pas à la place du prince héritier ? N'est-il pas, lui aussi, fils de Ramsès III ? »

Elle entend bientôt des pas dans le couloir. Une autre femme du harem vient la rejoindre en prenant soin de ne pas être vue. Elle se glisse dans la chambre où se trouve Tyi et l'entraîne à l'extérieur.

— Alors ? Où en es-tu ? lui demande l'épouse de Ramsès III.

— Trois autres femmes ont accepté de se mettre de ton côté à condition que les inspecteurs du harem fassent partie du complot. Où veux-tu en venir exactement ?

— À placer Pentour sur le trône d'Égypte.

— Et Ramsès III ?

— Il est vieux. S'il rejoint plus tôt que prévu le royaume d'Osiris, crois-tu que les dieux nous infligeront un châtiment ? Je ne veux, cependant, pas imposer Pentour sans avoir préparé les esprits et le peuple à cette succession.

— Il te faut alors obtenir la complicité des hauts fonctionnaires du palais. Sans eux, tu n'y parviendras pas.

— Je désirerais aussi mettre ma famille dans la confidence.

— Parle au grand chambellan puisque c'est lui qui transmet notre correspondance à nos parents. Peut-être te soutiendra-t-il.

— Je ne veux pas prendre de risque, dit Tyi. J'ai tellement aimé Ramsès, et en échange de cet amour, que m'a-t-il donné ? Quand il a remporté ses victoires, nous avons été accueillies dans ce harem. Mais nous a-t-il un jour considérées comme ses épouses ? Ne sommes-nous pas plutôt des détenues dans une prison dorée ? Ses marques de respect vont à la Grande Épouse Royale.

Comme son interlocutrice se tait, quelque peu effrayée par la tournure que prennent les événements, Tyi lui propose une nouvelle idée.

— Ton frère pourrait nous aider ! Il commande une armée en Nubie. Ses hommes seraient les bienvenus. Écris-lui ! Avant de mettre le grand chambellan dans la confidence, tentons d'en glisser un mot aux épouses des gardes. Les messages pourraient passer par leurs mains.

La Nubienne hésite un instant. Puis elle finit par accepter.

— Nous verrons bien, dit-elle. L'essentiel est que notre plan ne filtre pas. Je parviens facilement à gagner les femmes à notre cause. Mais rien ne nous dit que leurs maris accepteront de trahir le pharaon.

— Eh bien, nous trouverons un moyen ! Nous utiliserons des breuvages ! Nous aurons recours à la magie pour les convaincre ! N'existe-t-il pas des potions amoureuses efficaces ? Pourquoi les prêtres ne réussiraient-ils pas à composer un mélange qui troublerait le jugement des hommes ?

— Et qui leur demanderait un tel philtre ? Toi ?

— Un serviteur.

— Encore une personne qui devra être au courant de nos intentions. Si nous continuons ainsi, le pharaon apprendra tout, lui aussi.

— Donnons-nous les moyens d'agir vite et bien. Il faudrait obtenir la complicité du scribe Peri, qui travaille au Trésor, et de Keyes, l'inspecteur du harem.

— Tu n'y penses pas ! Le pharaon a toute confiance en Peri. Il l'accompagne en tous lieux et a surveillé en personne la construction du temple de Ramsès III ! Quant à Keyes, le pharaon lui a donné lui-même le titre d'inspecteur du harem en lui laissant entendre qu'il pourrait en devenir le chef ! Jamais ils n'accepteront de trahir leur maître !

— Tu es bien naïve, lui répond Tyi. Ramsès III a créé de nombreux mécontentements tant dans le peuple que parmi ses fidèles. En ne versant plus leur salaire aux ouvriers de Deir el-Médineh, en dépensant trop pour les fêtes en son propre honneur, en refusant de regarder autour de lui les conséquences d'une telle politique, en envoyant un vizir incompétent parler aux

Égyptiens à sa place, Ramsès III se fait des ennemis. Je suis sûre que certains échansons du palais ne verraient pas d'un mauvais œil le pharaon disparaître et Pentour lui succéder.

— Tu me fais peur. Le pharaon prépare son jubilé dans la joie. Les meilleurs fonctionnaires sont sur le pied de guerre pour faire de cet anniversaire une fête mémorable ! Estimes-tu vraiment que Ramsès III soit devenu à ce point impopulaire ?

— La colère couve, dit Tyi mystérieusement en entrouvrant la porte pour vérifier si son fils dort toujours. Je sens monter un grand mécontentement comme une vague qui grossit et qui va échouer sur la grève en ravageant tout sur son passage.

La Nubienne hausse les épaules. Elle se montre peu convaincue.

— Les ouvriers ont déjà été mécontents. Les paysans reprochent souvent au pharaon d'ordonner des prélèvements excessifs sur les récoltes. Les vignerons voudraient garder davantage de jarres dans leurs réserves alors que les scribes ne les épargnent guère lors des inventaires. Ces plaintes n'ont jamais empêché les choses de rentrer dans l'ordre.

On entend au loin des cris d'oiseaux de nuit. Un léger vent chaud s'engouffre dans les palmes qui projettent sur les étroites fenêtres du harem leurs ombres larges et menaçantes. La nuit semble plus noire, l'atmosphère du palais angoissante. Des gémissements et des soupirs parviennent jusqu'aux deux femmes qui se taisent, à l'écoute.

— Et si quelqu'un nous avait un jour entendues ? murmure la Nubienne en frissonnant.

— Je risquerais ma vie pour l'avenir de mon fils ! s'exclame presque trop fort Tyi.

*
* *

Les murs du temple et du palais de Médinet Habou se dorent à peine des rayons naissants de Rê quand Ramsès III se réveille le lendemain. Le pharaon s'est accordé une nuit plus longue qu'à l'ordinaire car il lui a fallu recevoir, la veille, des prêtres, des notables et des chefs de troupe en vue de son jubilé fêtant ses trente ans de règne.

Le discours qu'il a prononcé d'une fenêtre du palais a été si épuisant qu'il s'est assoupi pendant les spectacles de combats organisés entre Égyptiens et prisonniers de guerre, ce qui n'est pas dans ses habitudes. En outre, les nombreux va-et-vient des serviteurs qui vaquent à leurs occupations en passant de la salle à manger au vestibule, à la salle de réception et à sa chambre ne l'ont pas éveillé.

— Le bain de Pharaon, aimé d'Amon, est prêt, lui dit un page en le voyant disposé à se lever.

— Je me sens encore bien las, murmure Ramsès III. Passerai-je seulement ce jubilé ? Mon médecin me semble plus pessimiste qu'il ne veut me le laisser croire.

Le pharaon se rend dans la petite pièce qui fait office de salle de bains. Il se place dans le bassin en grès situé au milieu de la pièce tandis que des serviteurs l'inondent d'eau mêlée de sel. Dès que le scribe entre dans la pièce, Ramsès III l'informe qu'il ne recevra pas de personnalités en audience privée. Il n'en a ni la force ni le courage.

— Je préfère me reposer près de l'étang sous une véranda.

— Mon maître a sans doute pris froid en s'attardant hier soir sur la terrasse, lui dit le scribe.

— Si ce n'était que cela, lui répond Ramsès III en soupirant.

— Tu es un courageux conquérant, maître, un homme plein d'esprit, intelligent, un roi qui a su protéger l'Égypte des envahisseurs, un robuste seigneur qui a repoussé l'ennemi à maintes reprises. Tu es un lion sans peur, un taureau qui sème la terreur, le Seigneur de Haute et Basse Égypte.

— Peri a raison, dit alors un deuxième scribe venu prendre les ordres du pharaon. Tu es si beau en combattant lorsque tu te rues sans faiblir sur les adversaires que tu es semblable au dieu Soleil ou à Seth ! Même les prisonnières des pays étrangers s'émerveillent ensuite d'entrer dans tes harems. Quand tu portes les deux plumes sur ta chevelure, tu ressembles à Rê qui vient de se lever. Tu es instruit et clairvoyant, équitable et sage, aussi avisé et bienveillant que l'était Ramsès II. Tu es le lion qui surgit pour protéger les Égyptiens et le pâtre qui tient groupé son troupeau que tu couvres d'un bouclier de cuivre.

— J'ai, en effet, protégé l'Égypte des incursions libyennes et de ces peuples venus du nord qui ravageaient tout sur leur passage. En tant que pharaon, je suis né pour combattre grâce à la pourpre qui écarte les malheurs. Dans les combats, les dieux m'ont permis de me réincarner avant ma mort alors que les Égyptiens doivent attendre de passer dans l'autre monde pour se changer en animal. Sous l'aspect d'un fauve rapide, d'un taureau aux cornes agressives, d'un rapace vif et impitoyable, d'un griffon à la voix puissante ou d'un cruel chacal, j'ai ainsi pu effrayer l'ennemi. Mes chevaux étaient semblables à des faucons prêts à fondre sur de fragiles oiseaux.

— Tu pouvais tout aussi bien être une étoile éclairant la nuit, la lumière ou le vent, l'eau ou le feu. Ton visage et ton odeur étaient ceux d'un dieu. Tes flèches s'avéraient redoutables. Amon préparait les chemins que tu empruntais. Il supprimait les ronces et ôtait les pierres.

Ramsès III l'interrompt du geste.

— Inutile de rappeler tout cela. Je considérais alors mes centaines d'adversaires comme autant de gouttes du Nil mais aujourd'hui, le temps a passé et la douleur s'empare de mes membres.

— Qu'importe que tu ne puisses aujourd'hui combattre puisque tu as su maintenir la paix ! Tu as reconstruit les temples écroulés. Tu as créé des villes. Tu as fait aménager ton château de millions d'années pour ta vie infinie. Grâce à la litanie de Rê que tu as fait graver dans ton temple, tu vivras dans l'Au-delà avec un guide, Rê, dont la chaleur donne la vie.

Des serviteurs s'avancent pour la cérémonie du lever du roi. Des manucures entourent le pharaon. Un coiffeur coupe sa barbe et taille ses cheveux à l'aide d'un rasoir. Comme celui-ci est mal aiguisé, il prend son coffre en bois et en sort plusieurs étuis en cuir où est rangé son nécessaire.

Pendant ce temps, des servantes apportent en file de profonds vases d'albâtre dans lesquels embaument des parfums, où brillent de la malachite d'un vert vif et une poudre noire pour souligner les yeux. Elles enduisent le corps du roi d'une préparation composée d'encens afin que sa peau lisse et blanche sente toujours bon. Puis elles y déposent un onguent fait de poudre d'albâtre, de lait et de fenugrec. Elles teignent ses cheveux blancs et frottent longuement sa très courte chevelure d'huile de ricin régénératrice. Puis elles placent sur sa tête une modeste perruque et un diadème.

Ramsès III sort du bassin et se laisse vêtir d'un pagne plissé. Il boucle lui-même sa ceinture gravée de son cartouche, choisit quelques bijoux pour le parer et s'habille enfin d'une longue tunique.

— Lis-moi le courrier, dit-il à Peri. Je vais te dicter les réponses. Je ne donnerai pas aujourd'hui de récompenses ni ne réunirai le conseil. Tu feras lancer de ma part du haut du balcon quelques colliers ou de la vaisselle en or aux fonctionnaires que j'avais promis de récompenser. Ils pourront ainsi fêter l'événement en famille.

— Mais nous avons fait dresser l'estrade dans la cour ! Tu oublies les envoyés de Nubie, de Syrie et de la région du Pount que tu avais promis de recevoir !

— Recueille leurs présents et répartis-les dans les temples. Mon fils aîné les remerciera pour moi. Dès que je me sentirai mieux, j'irai voir mes chevaux. La chasse me manque. Et ce soir, je me rendrai au harem d'accompagnement. Les danseuses nues me réjouissent les yeux.

Le pharaon dicte ensuite des instructions précises pour sa fête qu'il souhaite voir se dérouler à Memphis. Ces ordres sont destinés au vizir Ta, qu'il a nommé responsable du jubilé royal.

— Le vizir Ta a rassemblé les plus belles statues de dieux qu'il ait trouvées dans toutes les villes égyptiennes afin de les placer dans les chapelles de Memphis, lui dit Peri. Le prêtre Sétou a accompagné la statue de Nekhbet comme bon nombre d'autres membres du clergé chargés de suivre leurs divinités. Des bateaux venant de Basse Égypte viennent d'apporter à Ta de nouvelles effigies. Ses navires tirent les embarcations transportant les statues à l'aide de cordes solides. Il arrivera dans deux jours à Pi-Ramsès.

— Juste à temps pour l'anniversaire de mon couronnement, constate Ramsès III, plus détendu. Ces bonnes nouvelles m'ont réconforté.

Mais au moment où le pharaon s'apprête à rejoindre la reine, un messager se fait introduire jusqu'aux appartements du roi.

— Que se passe-t-il ? demande Ramsès, surpris qu'un tel désordre vienne troubler sa matinée de travail.

— Maître, excuse-moi de déranger tes précieuses heures de concentration, lui dit le héraut. Je suis envoyé par le scribe Néfer, qui travaille dans les tombes des enfants du roi à Deir el-Médineh. Le scribe Néfer s'est déjà adressé en vain au vizir Ta. Aussi me charge-t-il de te prévenir qu'il aménage le mieux possible les tombes royales et qu'il agit efficacement mais que les ouvriers sont dénués de tout.

— Sans doute n'est-ce pas là la faute du vizir, qui est largement occupé en ce moment par l'organisation du jubilé, lui répond calmement le roi.

— Bien entendu, ajoute le messager en pesant ses mots. Mais nous n'avons plus rien à manger. Les ouvriers doivent porter de lourdes charges. Comment peuvent-ils retrouver des forces s'ils ont le ventre vide ? On a déjà amputé notre salaire. Certains Égyptiens sont affamés ; d'autres s'écroulent de faiblesse sous le soleil.

— Je ne savais pas que la situation était à ce point dramatique.

— Le vizir Ta ne t'a-t-il pas informé que des ouvriers ont bousculé les gardes qui protègent les entrées et les sorties du site de Deir el-Médineh en criant qu'ils avaient faim et qu'ils attendaient leur salaire depuis plus de quinze jours ?

— Ne sont-ce pas là ces perturbateurs qui sont venus jusqu'à Pi-Ramsès et qui ont osé se réunir au temple ?

— Ce sont eux. En apprenant une telle audace, le scribe Amenkhté est aussitôt venu à Pi-Ramsès avec des responsables du chantier des tombes mais les ouvriers ne voulaient parler qu'au pharaon. Ils ont refusé de retourner chez eux pendant toute la journée.

— Qui les a finalement décidés à repartir ? Car je n'ai pas entendu leurs requêtes.

— On raconte que le vizir Ta leur a promis monts et merveilles mais qu'il n'a pas tenu ses promesses. L'an dernier, le scribe Néfer avait déjà été contraint d'écrire au vizir. Les salaires avaient été versés avec plus de vingt-cinq jours de retard ! Après cette première manifestation à Pi-Ramsès, les ouvriers sont revenus quelques mois plus tard devant le palais, où ils ont dormi dans l'attente des sacs de grains qui leur étaient dus. Ils sont même entrés dans le temple, bien que Pentour leur ait proposé l'ensemble des sacs que transportaient plusieurs bateaux. « C'est insuffisant ! » lui crièrent-ils. Ils tentèrent alors de mettre de leur côté les prêtres du temple et le responsable de la police.

— Fais venir le rapport qui a été donné au magistrat responsable, dit Ramsès III à Peri. Je me rends compte que l'on me cache des incidents graves.

— Sois indulgent, supplie le messager. Ces ouvriers sont courageux. Ils agissent ainsi parce qu'ils ont faim et soif. Il est naturel qu'ils réclament du poisson, de la viande et des vêtements ! Quand ils ont enfin reçu de la nourriture, ils se sont aussitôt calmés. Quand le magistrat responsable leur en a également procuré et quand le responsable de la police leur a conseillé de fermer leur maison afin de se rendre à Pi-Ramsès avec leurs femmes et leurs enfants, ils ont repris confiance.

— Je comprends et t'incite à poursuivre, lui répond Ramsès III.

— Malheureusement, les salaires ne furent pas versés le mois suivant. Au bout de quelques jours, ils n'obtinrent qu'un peu de vin et d'orge. Une quantité dérisoire pour faire vivre une famille ! Aussi ont-ils manifesté de nouveau. À cette époque, le magistrat responsable a promis d'écrire au Seigneur du Double Pays, notre pharaon bien-aimé. Si les ouvriers ont reçu leur paie, ils ont voulu quitter leur village le mois suivant et ils ont menacé de piller une tombe pour se nourrir. Quelques jours plus tard, ils prenaient la direction de Pi-Ramsès. Le scribe eut beau leur envoyer deux chefs de chantier, ils refusèrent de revenir. À les entendre, ils faisaient maintenant grève parce qu'il y avait des malfaiteurs parmi les responsables.

Le pharaon est de plus en plus surpris. Il interroge ses scribes du regard. Pourquoi ne lui a-t-on pas davantage parlé de ces problèmes ? Il aurait trouvé une solution.

— Amenkhté les a crus. Aussi est-il monté jusqu'ici pour les interroger. Les ouvriers ont persisté dans leurs accusations. À les entendre, certains responsables étaient malhonnêtes. Ils le supplièrent de t'en parler.

— J'ai eu vent de telles accusations mais j'avoue ne pas y avoir porté attention. Je ne comprends pas le vizir Ta. Ne s'est-il pas arrêté à Thèbes pour choisir des statues et les ramener à Pi-Ramsès ? Il aurait pu écouter ces plaintes.

— Le vizir a affirmé qu'il avait trop de travail et qu'il n'avait pas le temps de les écouter. Il a envoyé aux ouvriers quelques sacs et leur a demandé d'attendre encore. Mais les ouvriers sont las d'attendre ! Le vizir a même refusé de s'adresser à eux. Il a délégué le chef du service d'ordre pour prononcer le discours qu'il avait prévu et leur dire qu'il n'avait rien à leur donner.

Ramsès III commence à montrer de l'agacement. La conduite du vizir ne le satisfait pas.

— Ils ont pris le peu que leur donnait le vizir, poursuit le messager, mais au moment où ils souhaitaient traiter avec l'envoyé de l'honorable Ta, Amenkhté les en empêcha en leur démontrant qu'ils seraient en faute s'ils agissaient ainsi. Aussi ont-ils suivi le vizir. Ils l'ont interpellé et supplié. Mais le vizir s'est montré arrogant. « Je vous ai déjà donné des sacs de blé pour survivre, leur a-t-il dit. Cela ne vous suffit-il pas ? Quand Pharaon le pourra, il vous en donnera davantage. »

Comme le héraut hésite à achever son récit, le pharaon l'y encourage vivement.

— Qu'as-tu à me dire de si pénible à formuler ? Ne crains rien. Si ta bouche ne ment pas, tu ne risques rien.

— Jamais je ne te mentirai, Seigneur aimé d'Amon !

— Alors, poursuis.

— Amenkhté a appris que le vizir et le magistrat responsable avaient gardé les salaires de Pharaon, Vie et Santé, qui devaient être donnés aux ouvriers.

— C'en est trop ! s'exclame le pharaon. Ton récit est tellement révoltant que j'ai peine à te croire. Cependant, si tu dis la vérité, et je l'espère pour toi, je vais mettre un terme à cette situation. Il est vrai que le jubilé entraîne des dépenses importantes et inhabituelles mais il serait inconvenant qu'un peuple affamé acclame son roi. J'ai toujours voulu le bonheur des Égyptiens. Retourne auprès de Amenkhté et dis-lui bien qu'après avoir mené mon enquête je veillerai à ce que les ouvriers des tombes soient mieux traités. Je punirai également tout responsable qui aura agi injustement.

II

Avant de quitter son bureau, Ramsès III veille à ce que ses serviteurs ferment ses armoires à manuscrits. Là sont également entreposés des rouleaux de papyrus cachetés qui ont été rangés dans des boîtes, elles-mêmes placées dans des porte-documents en cuir, les matériels des scribes et leurs sacs qui leur permettent de transporter leurs documents en voyage.

Quand il se dirige, ce soir-là, vers les appartements du harem d'accompagnement, Ramsès III est très contrarié. Il a le sentiment d'avoir toujours agi au mieux pour son peuple. « J'ai rempli la mission que le dieu Amon m'avait confiée, se dit-il, amer. J'ai lutté contre des peuplades cruelles. J'ai conservé le territoire que le dieu m'avait remis entre les mains. J'ai fait prospérer les terres afin de nourrir les habitants. J'ai évité la famine et la misère. J'ai embelli l'Égypte. J'ai pensé autant aux dieux qu'aux hommes. Je n'ai accaparé aucun des biens qui appartiennent à tous. Je finissais ma vie avec la satisfaction d'avoir accompli mon devoir et, maintenant, j'apprends que des Égyptiens se révoltent, manifestent, tombent de fatigue parce qu'ils ne reçoivent pas leur salaire ! »

Après s'être reposé pendant l'après-midi à l'ombre

des sycomores, Ramsès III ressent le besoin de rester seul. L'heure est venue où il va, enfin, pouvoir apaiser son esprit en écoutant des chanteuses aux seins nus entonner de douces mélodies au son des tambourins et des harpes. Il s'avance, rêveur, dans ses immenses jardins bordés de vignes et d'oliviers, de fleurs et d'arbres aux essences variées.

« Que n'ai-je fait pour le bien-être de mon peuple ! se plaît-il encore à penser. Tant de variétés d'arbres et tant de plantes ont agrémenté les parcs et les jardins afin que chaque Égyptien trouve de l'ombre partout où il s'assoit ! Les lacs ont été nettoyés. Toutes les ordures qui s'y étaient entassées pendant des années ont été retirées. J'ai voulu de nombreux vergers, des oliveraies qui produisent une huile excellente dont se servent les athlètes au gymnase. Le temple d'Horus, qui tombait en ruines, a été reconstruit. Il est administré par des inspecteurs qui permettent d'offrir au dieu de nombreuses offrandes. Les vignes produisent tant de raisin qu'il est possible aux Égyptiens d'en garder pour eux une bonne partie. Les temples des dieux ne sont plus laissés à l'abandon. Ils sont remplis d'esclaves pour les entretenir, de réserves de nourriture, de troupeaux plus nombreux que les étoiles qui brillent dans le ciel par temps clair. Légumes, fruits, étables, poulaillers entourent chaque maison. »

Le pharaon revoit le travail effectué dans chaque temple, ces monuments dédiés aux dieux, enrichis de granit, d'or, de vases d'offrandes en argent ciselé, de statues parées de bijoux, d'autels luxueux, de barques divines en or. Tous se trouvent au centre de jardins aménagés, aux fleurs parfois rares rapportées de tous les pays. Quel plaisir pour les Égyptiens de se promener dans ces lieux sacrés à l'ombre des palmiers, de venir faire des offrandes en empruntant des chemins bordés de bosquets odorants du plus bel effet !

Ramsès III peut, en effet, être fier d'avoir relevé

l'Égypte, qui était tombée bien bas. Même ses soldats vivent avec leurs familles dans des maisons agréables. Les mercenaires passent du bon temps avec leur femme et leurs enfants. D'anciens prisonniers de guerre se plaisent en Égypte, où ils prennent plaisir à vivre sans regretter leur pays d'origine. L'Égypte est devenu un pays où les décisions de justice sont rendues dans les meilleures conditions.

Bien qu'il apprécie la vie au palais, le pharaon ne semble plus avoir ce soir goût à rien. Il arrive enfin aux magnifiques appartements des épouses royales. Les bas-reliefs y font l'apologie du pharaon. Il y est représenté en pleine bataille, avec ses chevaux ou avec ses courtisans. Des colonnes papyriformes supportent le toit.

Au moment où il pénètre dans ces vastes pièces qui respirent l'amour, la beauté et la luxure, le scribe Peri le rattrape en courant.

— Seigneur à la double couronne, mon maître, lui dit-il affolé. Je te cherchais partout. Jamais tu ne t'es égaré seul en pleine nuit dans ces immenses jardins où quiconque peut surgir et t'agresser.

— Ton attention me touche, lui répond Ramsès III, mais les gardes sont suffisamment nombreux à l'entrée du palais pour que je ne risque rien.

— D'habitude, tu passes directement de tes appartements dans ceux du harem d'accompagnement.

— Ce soir, j'avais envie de me promener et de réfléchir. Je sais que ce n'est pas là ce que j'ai coutume de faire car je suis très méfiant. Pourtant, cette journée m'a terriblement contrarié.

Le scribe fixe la porte sur laquelle est représenté un sphinx d'or trônant devant des adversaires enchaînés à ses pieds.

— Un sphinx ne risque rien, lui dit le pharaon. N'est-ce pas là l'une de mes images, celle qui effraie les Syriens ou les Libyens ?

Le scribe ouvre la porte et s'efface devant son maître puis se retire discrètement. Ramsès III n'a plus besoin de lui. Avant de regagner sa chambre, il fait juste signe au responsable du harem de répondre aux désirs du pharaon.

Aussitôt, plusieurs jeunes femmes entourent Ramsès III en apportant du parfum et des fruits. Elles s'assoient sur des sièges aux dossiers et aux accoudoirs savamment décorés. Des scènes mythologiques sont gravées dans le bois. Des pierres précieuses rehaussent les teintes de bois les plus ternes. Des nains et des pitres difformes, que des Égyptiens ont ramenés de la région du Pount, entrent en voltigeant et en tapant dans leurs tambourins.

Le pharaon s'assoit dans un fauteuil aux pieds en forme de griffes de lion. Sous le siège s'entrelacent des femmes nues en or pur, symbole de l'amour.

Tyi entre la dernière. Elle éclipse aussitôt les autres épouses de Ramsès III par sa beauté sauvage et hautaine.

— Viens près de moi, lui dit le pharaon. Ce soir, j'ai envie de te sentir près de moi.

— Seulement ce soir ? lui demande effrontément Tyi. Voilà des jours que nous ne t'avons vu.

— J'ai été souffrant. En outre, les Égyptiens me causent bien du souci. On raconte que des mouvements de grève se sont déclenchés dans la Vallée des Rois. Les ouvriers refusent de travailler.

— Et ils ont raison ! Personne ne leur donne à manger !

— Ainsi donc, toi aussi, tu étais au courant alors que tu ne sors jamais de ce harem !

Tyi le regarde avec ironie. Pour la première fois, elle le trouve vieilli et amaigri. Sa réaction la surprend elle-même. N'a-t-elle pas toujours éprouvé à l'égard du pharaon le plus profond respect et la plus grande admiration ? Son amour semble soudain se transformer en pitié. Mais ce n'est là qu'un sentiment passager. Très vite, la passion qu'elle ressent pour Ramsès se ranime comme un incendie mal éteint qui enflamme un bois avec encore plus de vigueur.

— Pardonne-moi, maître du double pays, lui dit-elle. Mes paroles audacieuses ont dépassé ma pensée.

Le pharaon est trop préoccupé pour se formaliser de ces mots de femme jalouse.

— Je veux te parler de Pentour, poursuit Tyi avec plus d'assurance. Il est de plus en plus brillant. De tous tes fils, il est sans doute le plus intelligent.

— Tu parles ainsi parce qu'il s'agit de ton propre enfant.

— Non. Je suis objective. Pourquoi ne le nommes-tu pas héritier du trône ?

Afin de ne pas la contrarier, Ramsès III lui promet d'y songer. Des servantes apportent alors la vaisselle d'or et d'argent. Le pharaon a en effet l'habitude de prendre des boissons chaudes après son dîner. Théières à infusion, pots remplis de lait chaud, coupes de vin sont déposés devant lui sur un guéridon en bois sculpté.

Tous les meubles de la pièce sont ornés de pierres en provenance de la Nubie et de la Syrie. Des artistes y ont dessiné des bois, des palmeraies, des animaux, des gazelles en pleine fuite, des singes malicieux, des chèvres broutant des orties.

— Suis-moi, lui dit Tyi en le prenant par la main. Tu boiras ton vin chaud dans ma chambre. Nous y serons mieux.

Le pharaon ne proteste pas. Il se laisse conduire en abandonnant les autres femmes, un peu déçues. Tyi s'étend alors sur son lit. La pièce est entourée de coffres à vêtements et de plus petits récipients en obsidienne et en ivoire contenant des objets de toilette et des perruques de toutes les longueurs. Une harpe se trouve dans un coin.

— Veux-tu que nous fassions venir une musicienne ? lui demande Tyi.

Le pharaon acquiesce tout en se laissant caresser les tempes. Tyi lui masse aussi les épaules et le front avec de petits mouvements circulaires qui le calment.

— Je me réjouis que tu sois présente à Memphis pour mon jubilé, lui dit Ramsès III, car je veux que la fête soit réussie. Sans toi, la vie est fade.

— N'est-ce pas le rôle du harem d'accompagnement de suivre Pharaon en voyage ? Je ne serai pas la seule épouse présente pour l'anniversaire de ton couronnement.

— Mais tu sais bien que tu es celle que je préfère.

— Tu choisis pourtant les fils de la Grande Épouse Royale pour remplir les fonctions les plus honorifiques.

— Cesse tes médisances et allonge-toi près de moi.

Il ne leur parvient bientôt plus que les rires des femmes, légèrement ivres, qui jouent aux dames et chantonnent en accompagnant les musiciennes itinérantes venues les distraire.

À Memphis, tout est prêt pour célébrer le pharaon et le dieu Amon, des simulacres de résurrection devant symboliser l'éternelle jeunesse du roi. Les figurants ont revêtu des costumes appropriés à l'évocation du couronnement de Ramsès III, qui s'est déroulé trente ans plus tôt. Un chemin a été aménagé, balayé et arrosé d'eau, pour servir de piste athlétique car les Égyptiens espèrent bien voir leur roi prouver sa force et son habileté à la lutte et à la course. Ils sont venus deux jours avant Pharaon, qui leur a fait distribuer des vivres et du vin.

Ramsès III arrive à Memphis quelques jours après

avoir appris le mécontentement des ouvriers de Deir el-Médineh. Il est rassuré d'entendre le peuple l'acclamer en le remerciant de ses dons. Les enfants suivent son char en l'appelant avec joie. Ils acclament aussi la reine et ses enfants.

Ramsès III se rend tout d'abord jusqu'à son palais où il change de toilette et de coiffure. Puis il gagne, avec sa famille, l'endroit où toutes les installations ont été montées en vue du jubilé. Certaines existaient déjà et ont simplement été embellies. Il se dirige vers la cour entourée de petits édifices protégeant les statues des dieux, que des barques ont transportées en suivant, sur le Nil, le cortège de Pharaon et que le vizir a déposées là peu de temps avant.

Le gouverneur s'agenouille devant lui et le salue bas, les bras tendus. La reine se montre discrète, comme à son habitude. Elle aussi a revêtu tous les insignes de la royauté.

— J'ai fait annoncer ton jubilé dans toutes les provinces, lui dit le gouverneur.

— Je suis satisfait, lui répond Ramsès III. J'ai été reçu par un peuple heureux.

Puis il s'assure que tout est prêt pour le lendemain et se retire dans son palais afin de prendre du repos et de commencer les festivités tôt le matin. Sur son chemin, les Égyptiens tendent à bout de bras les images de plusieurs dieux en poussant des clameurs extraordinaires.

— Voilà qui me démontre que mon peuple m'aime encore ! dit-il, joyeux, à son fils Khémoust, qui a participé, lui aussi, à l'organisation de ce jour mémorable.

— En doutais-tu ? lui demande celui-ci avec étonnement.

— Oui, je l'avoue. Après ce que j'ai appris, je m'attendais à des huées.

— Tout le monde respecte Pharaon, choisi des dieux pour diriger l'Égypte.

Ramsès III passe sa soirée auprès de Tyi. Le lendemain, il revêt ses habits de cérémonie. Il laisse la couronne du Sud et du Nord, qu'il a choisie la veille, pour une coiffe blanche et rouge surmontée de deux cornes dorées entre lesquelles resplendit un soleil. Puis il attache sa fausse barbe à sa perruque.

— Je te préfère rasé de près, lui dit Tyi.

— Moi aussi. Mais il me faut me plier au protocole. Maintenant, laisse-moi. Il serait indécent que tu sois encore là quand la reine arrivera.

Tyi lance au pharaon un regard enflammé. N'est-elle pas plus importante que cette Épouse Royale qui n'a mis au monde que de prétentieux bons à rien ?

— Je devine tes pensées derrière ces yeux noirs, lui dit le pharaon. Mais reconnais que mes fils se sont toujours révélés d'excellents combattants. Qu'ils soient à la tête des chars ou des hommes, ils sont nés pour diriger !

Tyi fait la moue. Elle n'est guère de cet avis.

— Ce soir, il est hors de question que je reste avec le harem d'accompagnement, ajoute Ramsès III en ajustant sa coiffe. Il est normal que je visite le harem de Memphis qui est dirigé par ce bon Dyéoutyem.

— Je me doutais bien que tu ne t'occuperais pas de moi, lui dit Tyi, plus révoltée que boudeuse.

Le pharaon observe ses formes minces et élancées, ses jambes aussi fines que les pattes des gazelles, ses grands yeux mélancoliques et comédiens. Son vêtement est si léger qu'on devine par transparence les parties intimes de son corps.

Quand la reine se fait annoncer, elle se retire non sans réticence, supportant difficilement d'être tenue à l'écart. Elle fait tout pour être vue par la reine dans le large miroir où le pharaon s'observe. En la voyant s'éclipser par la porte dérobée qui ouvre sur un couloir donnant accès au harem, la Grande Épouse Royale sourit avec indulgence. Son époux a beau être maladif, il n'en perd pas pour autant ses élans amoureux. Elle juge naturel qu'il lui préfère des femmes plus jeunes qu'elle. N'a-t-il pas été un bon mari ? Mais ses chairs sont flétries après lui avoir donné tant d'enfants.

Le pharaon fait aussitôt mander son char de cérémonie puis ils partent tous deux pour le lieu des réjouissances. Ramsès III y est accueilli par des juges qui portent à leur cou des statuettes, symboles de pureté, et par des prêtres. Il entre alors, pour quelques instants, dans un petit baraquement et ôte ses vêtements afin de s'habiller d'une tunique sombre. Ainsi assistera-t-il aux cérémonies rappelant le décès de Pharaon et le réveil de son successeur le jour de son avènement.

La cérémonie est courte mais émouvante. Les prêtres invitent Ramsès III à se purifier. À l'aide d'aiguières en argent, ils répandent des gouttes d'eau sur son corps tout en murmurant des paroles sacrées. Puis ils l'oignent d'huile et lui tendent une robe blanche.

— Qu'Osiris, dieu des morts, disparaisse et qu'Horus fasse naître une nouvelle fois Pharaon à la royauté ! disent-ils. Que le fils du dieu Soleil ait un règne infini !

Afin que le pharaon gouverne en plein accord avec le dieu Amon, des prêtres portant les habituels attributs de Mout, la femme du dieu, font résonner des sistres et placent Ramsès III au centre de la cour tout en répandant des odeurs d'encens. La statue d'Amon est avancée. Le pharaon peut s'adresser à lui.

— Que tous les dieux égyptiens soient heureux car je reprends, en ce jour, le spectre et le flabellum. Dans ce coffre se trouve le papyrus sur lequel il est écrit que les dieux Seth et Horus m'ont donné la puissance. Y sont également répertoriés tous les titres que le dieu Thot m'a accordés ! Si un anniversaire commémore, chaque année, mon couronnement à Médinet Habou, ce jubilé fête trente ans de règne placé sous la protection d'Amon car je n'ai pas pris le pouvoir par la force. Je suis né pour être roi !

— Honneur à toi, Ramsès, toi que Rê a engendré, roi d'Héliopolis, sur qui veillent les déesses de Basse et Haute Égypte ! crient les Égyptiens, émus.

Le pharaon peut se rendre là où il s'est entretenu la veille avec le gouverneur de Memphis. L'Épouse Royale s'assoit à côté de lui, sur un trône d'or surélevé. Les statues des dieux ont été placées devant lui. Les prêtres, qui sont venus de toute l'Égypte pour accompagner leurs divinités, le saluent. Ramsès III porte alors la couronne blanche de la Haute Égypte. Mais, au moment d'offrir des sacrifices et de faire des dons aux dieux présents, il s'empare de la couronne rouge qui symbolise la Basse Égypte et se purifie les pieds.

D'abord muet, le peuple crie des vivats et agite des étoffes multicolores. Tous les gestes, rappelant le couronnement de Pharaon, sont alors refaits avec précision.

— C'est l'heure de montrer que je ne suis pas encore un vieillard ! s'exclame le roi avec entrain.

Bien qu'elle soit rassurée de voir son époux dans cet état d'esprit, son épouse le supplie discrètement de se ménager. Mais le pharaon gagne d'un pas décidé le vestiaire où l'attend un chambellan qui l'aide à se dévêtir et à enfiler une tunique courte. Ramsès III n'en conserve pas moins son sceptre. Puis il se rend sur le chemin qui a été aménagé en terrain de sport. Là, il lutte sur la terre meuble contre l'un de ses fils avant d'effectuer des sauts prodigieux, tel un athlète dans sa pleine jeunesse.

Vivement applaudi par les Égyptiens, à peine essoufflé, Ramsès III vient se rasseoir à côté de la reine, qui le félicite.

— Tu sembles avoir retrouvé tes trente ans grâce à Amon et Rê réunis.

— J'ai senti leur présence en moi comme autrefois

lorsque je combattais. Ils me transmettent aujourd'hui une force suffisante pour que j'entame un nouveau parcours royal.

Le pharaon reprend ses vêtements de cérémonie et saisit une lance qu'il brandit vers le ciel.

— Que la seconde partie de mon règne commence ! dit-il en jetant l'arme le plus loin possible. Victoire à Pharaon, indomptable dans la mêlée ! J'ai honoré Ptah de centaines d'offrandes ! Qu'il m'assiste jusqu'à la fin de ma vie terrestre ! Mon père Amon m'a assis sur le trône pour que je connaisse de nombreux jubilés, selon le bon plaisir de Ptah-Tatenen !

De l'estrade où elle se trouve avec les autres épouses de Ramsès III, Tyi regarde amoureusement les joues moins rondes, les lèvres plus fines, les sourcils froncés de celui qui a pris la tête de l'Égypte vers quarante ans et que la reine a connu quand elle avait elle-même une quinzaine d'années. Les représentations d'alors le montrent avec un visage presque poupon. Malgré ses rides et son regard parfois absent, légèrement vitreux, Tyi ressent de l'affection pour cet homme plus âgé qu'elle mais elle ne peut s'empêcher de haïr celui qui refuse de reconnaître son fils comme l'héritier du royaume car, plus que le père, Tyi adore son fils.

— Je jure de continuer à protéger l'Égypte en l'honneur de Mâat, déesse de la Justice, de l'Équilibre et du Bonheur, comme l'ont fait avant moi Ramsès II, Séti Ier et Ramsès Ier ! dit encore Ramsès III. Fils de Rê, je suis aussi son serviteur et son assistant !

« Si tu ne m'écoutes pas, se dit Tyi en fixant ses grands yeux en amande sur celui qu'elle vénère, si tu refuses de désigner Pentour comme ton successeur, je serai obligée de te tuer et je n'hésiterai pas ! »

Le pharaon se lève à cet instant comme pour échapper aux yeux terribles de Tyi. Les processions peuvent commencer. Elles relatent la vie des anciens rois. Des prêtres placent une colonne Djed, symbole de résurrection, près du roi. De nombreuses personnalités sont présentées au pharaon. Le vizir Ta annonce que des réjouissances ont lieu dans tous les temples d'Égypte et que le jubilé de Ramsès III favorisera la crue du Nil.

Les musiciennes, les chanteurs, les jongleurs, les acrobates entrent en scène pour deux mois. Et tandis que le peuple danse, que les épouses trinquent et que les enfants de Pharaon félicitent leur père, Tyi demeure figée, les yeux fixés sur son fils Pentour, qui se tient derrière Ramsès III, la tête haute, alors que Ramsès, un fils de la reine, âgé de plus de quarante ans, se place à ses côtés en saluant le peuple.

III

Tyi boit nerveusement une coupe de bière. Depuis que le pharaon est revenu de Memphis, il n'a pas daigné lui rendre visite. En outre, comme elle le pensait avec douleur, il n'a pas tenu ses promesses à l'égard de son fils. « Depuis que je lui parle constamment de Pentour, j'ai même l'impression qu'il m'évite », se dit-elle.

Elle marche comme un lion en cage en attendant ceux qu'elle a réunis et qu'elle a peu à peu réussi à gagner à sa cause. Enfin, la porte s'ouvre en laissant passer de hauts fonctionnaires du palais, des membres de la famille du roi mais aussi de simples gardes. Les trois premiers personnages qui la saluent, l'air sombre et intrigant, sont trois chambellans importants en qui le pharaon a toute confiance. Ils s'assoient à terre, sur des nattes, tandis que Tyi leur sert du vin et des fruits secs. Tous se taisent.

Bientôt arrivent le bras droit du responsable du harem et le scribe Peri accompagné de six fonctionnaires haut placés. Peri prend tout de suite la parole. Il a la mine fripée et semble avoir passé une très mauvaise nuit.

— Je vous arrête immédiatement, dit-il. Ne croyez pas que je me range de votre côté. Je ne trahirai pas notre pharaon. Je peux seulement vous promettre de rester silencieux et de ne pas vous dénoncer.

— Il en est de même pour moi, avance le second du directeur de harem.

Les six autres hommes approuvent de la tête sans prononcer un mot. Puis ils s'apprêtent à se retirer, l'air contrarié.

— Attendez ! leur dit Tyi en se plaçant devant eux comme pour leur barrer la route. Savez-vous que le fils du responsable du Trésor royal et l'inspecteur du harem Keyes ont accepté de nous rejoindre ?

— Je ne puis le croire, lui répond Peri en hochant la tête de droite à gauche. Non, c'est impossible !

— C'est pourtant la vérité, affirme un échanson en entrant dans la pièce.

— Toi ici, Iéni ? Et vous aussi ?

Un groupe d'hommes dont la fonction est d'être échansons royaux pénètre dans la chambre de Tyi avec une assurance qui effraie le scribe.

— Ainsi donc, il ne s'agit plus d'une jalousie de femme mais d'un véritable complot !

— Et je ne te conseille pas d'en dire mot à qui que ce soit, lui rétorque l'un des échansons.

— Tu seras encore plus surpris lorsque je t'aurai appris que le grand chambellan de Ramsès III et son second sont prêts à nous aider.

— Je ne veux plus rien savoir, dit Peri en sortant. Si vous agissez contre le pharaon, que les dieux ne vous exterminent pas ! Ne faites jamais souffrir le roi. Il ne le mérite pas !

Un échanson se précipite à son tour vers lui et lui saisit le bras avant qu'il ne sorte.

— Promettez, par Amon, de ne pas en parler autour de vous !

— N'invoque pas les dieux alors que tu t'apprêtes à agresser le fils de Rê, dont le jubilé vient de confirmer le règne éternel, répond Peri. Je ferai ce qui me semble juste.

— Laisse-le, dit Tyi. Il ne parlera pas. Dans quelques jours, nous serons maîtres du palais. Mon fils régnera. S'il nous trahit, il sait ce qui l'attend. Nous le jetterons sans pitié aux crocodiles et il mourra dans d'atroces douleurs.

— Tes menaces ne me font pas peur, dit encore Peri.

— Je n'en suis pas si sûre. Sache seulement que des troupes s'apprêtent à entrer à Pi-Ramsès pour renverser Ramsès III. Ces soldats viennent de Nubie. Ils sont entraînés et efficaces. Cette information t'aidera peut-être à conserver le silence au cas où...

— Ce ne sera pas nécessaire, dit Peri en entraînant avec lui ses amis.

Au moment où ils sortent, un chef de troupes et deux prêtres chargés des cérémonies religieuses d'importance dans la région, qui ont participé au jubilé de Ramsès III, rejoignent les conjurés. Celui qui s'occupe du culte des dieux de Bubastis a recouvert son visage avec un pan de son vêtement pour ne pas être reconnu.

Quelques femmes du harem viennent également s'asseoir au milieu du groupe.

— Et les magiciens ? demande Tyi.

— Ils m'ont promis de nous retrouver ici, lui répond une autre épouse secondaire du pharaon.

— Des magiciens ? ironise Iéni.

— Oui, lui répond fermement Tyi. Nous en aurons peut-être besoin. J'ai également informé le scribe Messoy, qui connaît de nombreuses recettes magiques, et Iri qui habite non loin d'ici. Il m'a juré en invoquant Rê qu'il ne parlerait ni à son fils ni à son épouse mais qu'il était prêt à nous ouvrir les armoires contenant les recettes magiques de la Maison de Vie. Il a déjà réussi à endormir des gardes afin que nous puissions nous réunir sans difficulté.

— Je voudrais bien savoir comment ! rétorque Iéni.
— Sans doute avec un breuvage de plantes.
— Il est vrai que les tisanes sont réputées pour faire dormir.
— Cesse de te moquer des magiciens. Ils te le rendront bien s'ils t'entendent. Je les ai vus accomplir des étrangetés. Il existe dans la bibliothèque du pharaon des recettes de philtres magiques qui sont capables d'agir sur des statuettes de cire.

Iéni éclate de rire.

— Tu as tort de te moquer ainsi, lui dit Messoy en entrant, d'une voix si grave qu'elle paraît sortie d'un tombeau. Je pourrais te faire avaler tes médisances et tes rires en un instant.

Iéni frémit soudain au simple son de sa voix. Il semble se tasser sur lui-même et prend le parti de s'allonger sur le lit sans rien ajouter.

— J'ai précisément pu dérober dans la bibliothèque quelques papyrus qui nous seront utiles, dit Messoy. Mais il ne faudrait pas qu'un scribe s'en aperçoive. Je dois donc les recopier cette nuit même. C'est la raison pour laquelle j'ai hésité à venir. Toutefois, après avoir entendu les propos de Iéni, je juge que je n'ai pas perdu mon temps !

Lorsqu'ils se retrouvent enfin tous réunis, les conjurés mettent un plan au point. Messoy promet de se rendre le lendemain chez le majordome Pabakkanum. Celui-ci a déjà servi de coursier en diffusant des lettres de femmes complices de Tyi à l'extérieur du palais. Ainsi des groupes hostiles au pharaon et prêts à la révolte se sont-ils formés.

Il est également convenu entre les conjurés que le responsable des troupeaux, Penoui, ira voler dans la bibliothèque du roi un texte essentiel que Messoy n'a pu emprunter et qu'il aidera Messoy dans l'interprétation de ces écrits magiques.

*
* *

Tout se déroule comme prévu. Quand Messoy arrive dans les appartements du majordome, en début d'après-midi, à une heure où le pharaon fait sa sieste, Penoui a déjà apporté le précieux texte magique à Pabakkanum.

— Que les choses soient claires, dit Messoy. Il s'agit de modifier le comportement des courtisans du roi. Les affaiblir serait excellent mais les exciter contre leur maître serait mieux encore.

Petit et râblé, les cheveux noirs et les sourcils épais, le majordome, peu bavard, marmonne quelques mots inaudibles entre ses dents.

— Tu feras comme tu pourras, je le sais, lui dit Messoy. Mais cette fois-ci, il faut te surpasser.

Pabakkanum ne lève même pas les yeux vers lui. Il rapproche les deux coffres de bois contenant ses effets qui constituent les deux meubles de la pièce, à l'exception d'un lit ordinaire, et tire une chaise à petit dossier jusqu'à lui. Puis il déroule le papyrus sur les coffres qui lui servent désormais de table de travail et commence à lire le texte avec attention.

— Tu pourrais m'aider, Messoy, dit-il à son complice en lui faisant signe de tenir le rouleau qui a tendance à se replier sur lui-même. À toi de trouver ensuite une idée pour sceller ce texte car Penoui me l'a remis fermé.

— Contente-toi d'interpréter ces signes. Je me charge du reste, lui répond Messoy, nerveux, en plaquant le papyrus sur le couvercle des coffres afin qu'il ne bouge plus.

Les trois hommes restent penchés sur le long manuscrit jusqu'à ce que le soleil soit moins chaud dans le ciel égyptien. Au fur et à mesure de la lecture, Pabakkanum prend des notes tandis que ses acolytes lui demandent des explications. Mais le majordome se contente de marmonner et de se concentrer sur les formules. Puis il commence à réunir des pots d'albâtre qu'il choisit très méticuleusement, ouvrant tour à tour les couvercles, reniflant leur contenu, grimaçant lorsque l'odeur est désagréable.

Il dispose finalement trois lourds récipients devant lui et ordonne, sur un ton toujours aussi bourru, à Penoui de lui apporter un pot évasé en verre épais.

— Roule ce papyrus et mets-le à l'abri des taches, dit-il sèchement à Messoy, qui s'exécute aussitôt.

Pabakkanum choisit quelques pâtes de différentes couleurs et crée de savants mélanges tout en regardant ses notes.

— Éloignez-vous ! ordonne-t-il aux deux autres hommes. Ces potions sont secrètes. Messoy est suffisamment instruit dans l'art de la magie pour en enregistrer la composition. Or j'utilise là quelques formules du texte que je viens de lire mais je me sers aussi de mes connaissances personnelles. Les magiciens n'aiment pas révéler leurs secrets.

Pabakkanum travaille ainsi pendant de longues minutes. Il mélange, utilise un pilon pour écraser certains produits, touille, goûte du bout du doigt, rajoute des liquides.

Quand les potions lui semblent satisfaisantes, il réclame l'aide de ses complices.

— Il faut maintenant modeler des figurines de cire. C'est là ta partie, Messoy.

L'intéressé s'empare alors d'une boule de cire chauffée au soleil qui s'amollit sous ses doigts. Il en détache une partie qu'il se met à modeler avec une habileté étonnante prouvant qu'il n'en est pas à son coup d'essai.

Les petits tas informes ressemblent bientôt à des dieux et à des déesses.

— Ils nous serviront d'intermédiaires, explique

Messoy. Je préfère passer par l'entremise des dieux plutôt que de fabriquer des statuettes aux visages de ceux que nous voulons atteindre. Cette pratique est plus performante.

Les figurines sont placées à côté des potions et près de fines aiguilles que le majordome a obtenues de Tyi.

— Nous pouvons commencer, dit Messoy. Le matériel est prêt.

Comme Penoui se met à trembler, Messoy s'interrompt un instant.

— Tu as peur, lui dit-il. Es-tu sûr de vouloir continuer ?

— Oui. Une pensée vient de me traverser l'esprit mais Rê aurait dû me l'envoyer avant que je ne vole le manuscrit ou jamais.

— Je crois deviner tes scrupules. Tu sais que si nous sommes pris, nous serons condamnés à mort. Quiconque touche à ces textes magiques, hormis les scribes de la Maison de Vie ou le chef des prêtres *ouâb*, mérite la peine capitale. Je risque autant en recopiant des textes qui ne peuvent l'être que dans la Maison de Vie. Si tu le désires, tu peux renoncer. Nous ne parlerons de ta complicité à personne et je remettrai moi-même le manuscrit à sa place. S'il s'agissait des formules favorisant le sommeil placées à côté du lit du pharaon, je tremblerais de devoir les rapporter mais rares sont les personnes qui ont accès à la bibliothèque. Ce serait un coup du mauvais sort si je tombais sur un scribe.

— Ne t'en préoccupe pas. Je finirai ce que j'ai commencé. Mais les risques sont plus grands pour moi de déambuler dans le harem que pour Pabakkanum ou pour toi. Je n'ai aucune fonction au palais. Que dirai-je aux gardes s'ils m'interrogent ?

— Les gardes sont presque tous acquis à notre cause. Ces figurines de cire permettront bientôt de soumettre les autres à notre bon vouloir.

Agacé par cette discussion qui interrompt sa concentration, Pabakkanum range ses fioles avec bruit.

— Il est trop tard pour revenir en arrière, dit-il. Commençons ! On devra ensuite faire circuler ces figurines dans le harem. Si Penoui est trop lâche pour le faire, nous agirons nous-mêmes.

Messoy imprime alors sur certaines figurines des lettres hiéroglyphiques et des sceaux tout en prononçant des paroles magiques :

— Sera fermée à jamais toute bouche qui nous dénoncera. Que tous ceux qui habitent ce palais haïssent le pharaon et souhaitent sa mort.

Penoui et Pabakkanum répètent les mots que vient de prononcer Messoy à mi-voix. Puis ce dernier prend une feuille de papyrus qui n'a jamais servi et écrit dessus, à l'encre rouge, les noms de ceux qu'ils veulent atteindre. Il rapproche les bras des figurines, les lie et s'exclame :

— Que ce traitement soit efficace !

— Ces figurines seront enterrées jusqu'à ce qu'on en ait besoin, dit Pabakkanum.

Puis Messoy modèle une nouvelle statuette en argile qui représente le pharaon.

Penoui frémit davantage. Proférer des menaces à l'encontre de Ramsès III consiste à commettre un sacrilège impardonnable.

Dès que Messoy a accompli sa tâche, Pabakkanum se penche sur la figurine et crache dessus, puis il la transperce avec les aiguilles que lui a données Tyi et la jette à terre. Les trois hommes la piétinent, lui enfoncent un bâton dans la tête et la brûlent.

— Je recommencerai ce rituel plusieurs fois par jour jusqu'à la réussite de notre plan, dit Messoy. J'écrirai le nom du pharaon sur un papyrus vierge ou sur une figurine en cire rouge puis je l'effacerai. Ainsi, sa perte se confirmera peu à peu. De jour en jour, une personne de plus se retournera contre lui.

— Si nous sommes pris, ce seront nos noms que le pharaon fera effacer et modifier, réplique Penoui. Il nous appellera « Haïs de Rê », « Chambellan Boiteux », « Immonde Valet ». Que sais-je encore ?

— Ton pessimisme me démoralise, lui dit Pabakkanum. Si tu poursuis sur ce terrain, tu vas finir par diriger contre nous le mauvais œil !

Le majordome tend alors à Messoy un petit croissant magique fabriqué à partir d'une dent d'hippopotame. Messoy grave au dos une formule, à l'aide d'une pointe, et dessine un génie protecteur.

— Gardez-les sur vous afin qu'ils vous portent chance et que notre entreprise réussisse mais veillez à ce qu'on ne les voie pas sous votre vêtement car on ne manquerait pas de s'interroger.

Penoui s'en empare en murmurant des prières à Rê. Puis il grave lui-même sur son amulette d'ivoire un griffon entouré de deux serpents accompagnés des signes exprimant la vie et la sécurité.

— Ces croissants ne réussiront qu'à nous protéger des animaux nuisibles !

— Ils nous protégeront aussi de tous ceux qui cherchent à nous faire échouer ou à nous nuire.

À cet instant, la tenture qui dissimule l'entrée de la chambre s'agite légèrement. La tête de Tyi apparaît.

— Que fais-tu ici ? lui demande sévèrement Pabakkanum. Je ne veux pas de femme dans cette pièce ! Elles portent malheur ! Tu risques d'annuler la procédure d'envoûtement !

Mais Tyi ne tient pas compte des propos désagréables du majordome. Elle entre dans la chambre et s'approche de Messoy.

— J'ai besoin de tes services, lui dit-elle. Quand vous aurez terminé, viens me rejoindre.

— Mais nous avons achevé, répond Pabakkanum. Tu peux donc te retirer. Ce rouge que tu portes attire, je le sens, de mauvais esprits.

— Alors, aide-moi, toi aussi, et je quitterai cette pièce dès que tu m'auras répondu.

Pabakkanum accepte malgré lui.

— Le pharaon va mourir mais, avant qu'il ne soit tué, j'aimerais que ses derniers jours soient remplis de plaisir. N'aurais-tu pas une recette pour l'attirer vers moi ?

Pabakkanum la regarde par en dessous.

— Si tu aimes toujours le pharaon et si tu désires le voir amoureux de toi, pourquoi as-tu donc décidé de le tuer ?

— Parce que je veux que Pentour règne et Ramsès III s'y oppose !

Pabakkanum s'avance alors vers les coffres qu'il a réunis et s'adresse aux dieux Amon et Rê, chers à Ramsès III :

— Comme le chat qui s'échappe la nuit en quête d'une femelle, comme le lierre qui entoure les colonnes du palais, que Ramsès III se lie à cette femme Tyi. Si vous, dieux puissants, vous n'accomplissez pas ce vœu, si vous ne m'écoutez pas, que la déesse Mâat brûle tout entière et que les astres tombent sur la terre.

— Je voudrais aussi susciter son désir quand il vivra dans l'Au-delà.

— Il te faudra alors déposer dans son tombeau une figurine te représentant mais ce sera plus délicat.

— Parfois, j'ai l'impression d'être sur une berge du Nil tandis qu'il se tient de l'autre côté. Rien ne peut nous unir. Le crocodile nous guette ; l'hippopotame est prêt à se jeter sur le premier d'entre nous qui mettra le pied dans l'eau pour rejoindre l'autre.

— L'amour permet de lutter contre tout, même contre le crocodile. Si Ramsès t'aime, il lui est possible de traverser le Nil sans craindre une seule morsure. Tiens ! Prends cette statuette que je garde sous mon lit. Il y est inscrit : « Que mon amant souhaite s'unir à moi. » Je te prête aussi ces deux textes. Ils te seront utiles. L'un d'eux rapporte comment tu peux faire fléchir celui que tu aimes en trempant un poisson pêché dans le Nil dans de l'huile parfumée. Quand tu l'auras longuement immergé dans l'huile afin qu'il prenne un caractère divin, attache-le près de ton lit et prononce les formules que tu trouveras écrites dans ces textes pendant sept jours consécutifs. Puis tu cacheras ce poisson dans ta chambre en l'entourant de myrrhe et de sel.

IV

Tyi passe du palais, où il lui est pourtant interdit d'aller, à la cour qui mène au harem où chaque épouse de Ramsès III est tenue de rester à moins qu'un déplacement ne les contraigne à suivre le pharaon à l'extérieur de l'enceinte.

Elle tient contre sa poitrine les précieux textes que Pabakkanum lui a prêtés. Le majordome garde pourtant jalousement enfermées chez lui toutes les formules magiques qu'il connaît et dont il a testé l'efficacité.

« Voilà peut-être la clé de mes problèmes, se dit Tyi. Si je parvenais à convaincre Ramsès III qu'il doit me choisir comme Grande Épouse Royale et que les dieux ont désigné Pentour pour lui succéder ! »

En regagnant sa chambre, elle prend bien soin de ne rencontrer personne tout en se demandant comment elle va procéder pour acquérir un poisson frais. « Si j'envoie une servante en acheter un sur les berges du Nil, rien ne dit qu'il sera pêché du jour. Avec ces marchands, il faut toujours se méfier. Je dois trouver un pêcheur. Mais comment le faire entrer dans le harem ? »

Tyi réfléchit longuement et décide finalement d'en parler au jeune garde qu'elle a réussi à soudoyer en lui offrant deux de ses plus beaux bijoux. Elle enroule autour de la statuette que lui a donnée Pabakkanum une étoffe de lin blanc et la glisse sous son lit avec les manuscrits. Puis elle descend au rez-de-chaussée où, dans un patio central, de superbes plantes se nourrissent des rayons du soleil. Derrière ce parterre savamment arboré se tient le garde qu'elle cherche.

En la voyant marcher vers lui, l'adolescent est à la fois ému et effrayé.

— Ne me demande plus rien, lui dit-il. Si je me fais prendre en train de transmettre tes messages à l'extérieur du harem sans autorisation, je serai tué.

Mais la démarche souple de Tyi, qui balance doucement ses hanches étroites et s'approche si près de lui qu'il en respire son vaporeux parfum, le trouble une nouvelle fois. Habile dans l'art de séduire, la jeune femme devine aussitôt son émotion. Elle découvre ses dents blanches et régulières dans un sourire épanoui qui lui étire les yeux en amande.

— La requête que je suis venue te faire est sans danger pour toi, lui murmure-t-elle en lui tendant un collier enroulé dans un foulard soyeux. J'ai envie de manger du poisson frais et je te prie d'aller m'en pêcher un dans le Nil dès que l'autre garde aura pris la relève.

— Mais pourquoi n'en achètes-tu pas ? Le cuisinier du harem en prépare chaque jour. Tu en mangeras ce soir !

— Tu as mal compris, lui rétorque Tyi. J'ai envie maintenant d'un poisson frais et je n'attendrai pas jusqu'à ce soir pour en manger !

— Je t'en achèterai un, lui dit le garde en riant.

— Non. Tu le pêcheras toi-même. Je vais te confier un secret qui rendra le pharaon fou de joie. J'attends un enfant de lui et je ne puis retenir mes envies. Or un dieu m'a envoyé un rêve cette nuit. Il me disait de manger du poisson ce matin pour qu'un fils robuste naisse dans ce harem. Sinon, je pourrais bien perdre cet enfant. Prendrais-tu le risque de donner à une femme qui attend un enfant du pharaon du poisson vieux d'une journée dont les yeux vitreux auraient tourné au soleil ? Si Ramsès III l'apprenait un jour, il en serait fort contrarié.

Le garde s'incline devant Tyi et l'assure qu'il sera vigilant et qu'il exécutera ses ordres.

— Garde pour toi cette confidence, ajoute Tyi. Je vais attendre quelques jours avant de faire la surprise à notre maître, Seigneur du double pays.

Après s'être assurée de la discrétion du jeune garde, Tyi remonte dans ses appartements et commence à lire les textes magiques. Bien que plusieurs paragraphes soient rédigés en hiéroglyphes, écriture sacrée qu'elle sait à peine lire, le reste est en hiératique. Elle comprend suffisamment de passages pour se mettre au travail.

« Je dois m'assurer que personne ne viendra pendant que je manipule cette statuette, se dit-elle. Comment puis-je procéder ? Si je ferme cette porte, on s'étonnera que je ne réponde pas. Je vais faire dire que je suis nauséeuse et que je ne descendrai pas déjeuner. Pendant que les autres épouses se repaissent des mets qui doivent arriver aujourd'hui en provenance du Fayoum, je serai tranquille. »

Elle rédige donc un message rapide à l'attention du responsable du harem et le confie à une servante. Puis elle prend un vase en albâtre, des aiguilles, la statuette et un pendentif en métal. Elle fait chauffer le pendentif jusqu'à ce que la matière ramollisse puis elle la laisse légèrement refroidir. Elle la plie, ensuite, comme elle le peut, arrache un clou des montants de son lit et l'enfonce à l'aide d'un morceau de fer dans la feuille de métal de fine épaisseur.

— Je vais rajouter un deuxième clou, dit Tyi en se glissant sous son lit. Ramsès III n'en tombera que plus amoureux.

Puis elle s'empare d'un bloc d'argile que Messoy lui a donné la veille et façonne tant bien que mal deux figurines, l'une représentant le dieu de la Guerre, l'autre une femme agenouillée et les membres liés, telle une prisonnière de guerre reconnaissant la force et le pouvoir du pharaon. Elle plante un épingle à cheveux dans la main du dieu et place devant lui la figurine féminine.

— Je vais plutôt placer ce couteau dans sa main. Ce sera plus efficace.

Tyi modèle enfin une troisième figurine en cire sur laquelle elle écrit des mots recopiés du texte magique et insère dans ses yeux, son menton, sa tête, ses tempes, ses cuisses, la plante de ses pieds et entre ses seins une quinzaine d'aiguilles tout en prononçant des formules précises.

Elle prend également le morceau de métal qui lui reste et y inscrit, avec une pointe dure, plusieurs mots d'amour ; puis elle le troue et saisit la cordelette d'un de ses pendentifs afin de suspendre ce morceau de métal au cou de la figurine par autant de nœuds qu'il y a de jours dans l'année.

— Je remets entre vos mains, dieux de la terre et démons, entre les vôtres aussi, femmes et hommes amoureux, morts jeunes ou par accident, cet envoûtement d'amour. Revenez du royaume d'Osiris et allez dans chaque pièce de ce palais, dans chaque recoin de ce parc, dans chaque sanctuaire ou temple, dans chaque barque royale où Ramsès III se trouvera afin qu'il ne s'unisse plus à aucune femme et qu'il n'éprouve plus de plaisir avec aucune sinon avec moi, Tyi, la mère de Pentour. Je vous supplie. En entendant vos noms, les mers se feront calmes, les fleuves bleus, les ennemis paisibles. Revenez de chez Osiris et allez dans chaque pièce de ce palais, dans chaque recoin de ce jardin, dans chaque sanctuaire ou temple, dans chaque barque royale où Ramsès III se trouvera. Ôtez-lui toute boisson et toute nourriture jusqu'à ce qu'il vienne se jeter, fou d'amour, à mes pieds, moi, Tyi, la mère de Pentour. Qu'il ne connaisse plus aucune femme à l'exception de Tyi. Saisissez-le par les poignets, traînez-le jusqu'à ma chambre afin qu'il ne me quitte plus, moi, originaire de Libye, et qu'il me possède. Je serai soumise au fils de Seth jusqu'à la fin de ma vie et pour l'éternité. Il m'aimera, me désirera, me dira des mots tendres, me caressera et il n'aimera plus que Pentour. Si vous consentez à m'aider, je vous rendrai votre liberté. Sinon, vous serez brûlés ou piétinés comme une gazelle déchiquetée par un lion !

Après ces préliminaires, Tyi est essoufflée. Elle se sent lasse comme si elle avait longuement couru. Elle entrouvre sa porte et s'assure que personne ne se trouve dans les parages. Mais tout est silencieux. Seuls montent jusqu'au premier étage les éclats de voix des femmes qui déjeunent dans la salle de séjour et les sons des instruments de musique. La même phrase musicale se répète langoureusement.

Tyi enfile ses sandales dorées et descend l'escalier lentement. Elle se faufile derrière les plantes du parterre central et regarde si le jeune garde est revenu. Celui-ci semble mal à l'aise. En la voyant, il pousse un soupir de soulagement.

— Enfin te voilà ! Je ne peux garder ce poisson avec moi ! Tiens ! Prends-le et n'exige plus rien de moi !

— Est-ce là une façon de parler à une épouse du pharaon ? lui dit Tyi avec autorité. Je te confie ce linge. À l'intérieur se trouve une offrande pour l'épouse du roi qui est décédée l'année dernière et qui est enterrée non loin d'ici. Il s'agit d'une statuette. Surtout, n'ouvre pas ce linge. Je l'ai ficelé pour que la statuette ne s'abîme pas. Place-le près du tombeau de cette malheureuse, qui est morte brusquement, avec des fleurs que tu auras cueillies dans le jardin.

— Je n'y vois pas d'inconvénient, répond le garde. Mais, maintenant, retourne avec les autres femmes car on pourrait s'inquiéter de ton absence. Le garde qui me remplaçait pendant le déjeuner est parti depuis longtemps. Toutes ces dames ne vont pas tarder à aller se promener.

— Tu as raison, dit Tyi. Je m'en vais.

La jeune femme remonte dans sa chambre et termine son envoûtement. Elle place devant elle le vase d'albâtre, qu'elle remplit d'une feuille de papyrus roulée sur laquelle elle a écrit un chant d'amour, et deux figurines représentant un homme et une femme qu'elle lie avec une fine cordelette. Elle recouvre le vase d'une autre feuille de papyrus en répétant :

— Que cet homme ne puisse plus s'émouvoir ni semer. Qu'il soit semblable à un cadavre, dépourvu de sensation. Qu'il n'ait plus de relations sexuelles. Qu'il ait le membre recousu et lié et que personne ne puisse rompre cette nouvelle virginité excepté Tyi !

*
* *

Malgré ses efforts et sa persévérance, Tyi ne parvient pas à faire revenir le roi auprès d'elle. Les jours passent sans qu'il lui rende visite. Mais le comble pour elle est qu'il fréquente les autres femmes du harem et qu'il l'ignore. Il préfère choisir chaque soir une nouvelle compagne. La rumeur court que ce n'est là que pour avoir une petite distraction car le pharaon perd chaque jour des forces.

— Je vais lui faire payer cher le dédain qu'il affiche à mon endroit ! jure-t-elle avec colère. Et vous, démons et dieux infernaux, allez pourrir dans un coin !

Aussitôt, le ciel s'assombrit. Le tonnerre gronde. Les éclairs s'abattent sur les arbres du jardin. Il est si rare qu'il pleuve à cette époque de l'année... Pourtant, une pluie abondante se déverse bientôt sur le palais de Médinet Habou.

Tyi se jette à terre et arrache les pans de sa robe.

— Maudit soit le pharaon ! Que Rê lui ôte la vue ! Qu'il ne puisse plus se lever ! Qu'il parte chez Osiris dans l'année ! Que ses membres se paralysent ! Que cette chienne de reine, cette vieille pomme fripée, disparaisse de la surface de la terre ! Que ses fils soient tués à la guerre !

Puis elle se souvient que les organisateurs du complot sont prêts, qu'ils sont sur le point d'agir.

— Aujourd'hui, Penoui doit faire brûler devant le Nil des objets appartenant au pharaon. Demain, Pentour dirigera l'Égypte ! dit-elle en essuyant ses larmes. Je serai la reine mère ! Je ne peux plus supporter ce Ramsès qui donne des ordres comme s'il était déjà pharaon, ni son frère qui commande aux conducteurs de chars comme s'il était Ramsès III en personne !

Malheureusement pour Tyi, Ramsès III apprend avec stupeur qu'un feu a été allumé non loin de Pi-Ramsès et que Penoui en a été l'instigateur. Il interroge aussitôt des prêtres *ouâb*, qui le mettent en garde.

— Voilà qui ressemble à une pratique magique, lui apprennent-ils. Mieux vaut procéder à un désenvoûtement au cas où un magicien aurait exercé ses pouvoirs contre toi.

— Mais Penoui est chef de troupeaux. Que fait-il ici et quel rapport y a-t-il entre lui et la magie noire ?

— Quel Égyptien n'est pas un peu sorcier ou magicien ? lui répond le chef des prêtres *ouâb*. La manière dont a été allumé ce feu me rappelle fort un texte de ta bibliothèque que j'ai recopié autrefois.

— Et quel serait le but de Penoui ?

— Te tuer ! Ces objets consumés représentent la perte de tes biens terrestres.

Comme le pharaon demeure sceptique, le chef des prêtres *ouâb* insiste :

— Soumets-toi à une séance de désenvoûtement. Tu ne perdras rien. Ce n'est pas douloureux. Tu auras, au contraire, tout à y gagner car j'utiliserai des représentations d'Horus qui agiront peut-être sur tes douleurs.

— Je veux auparavant en avoir le cœur net ! Que Penoui se présente devant moi !

Le chef du bétail est aussitôt arrêté mais, en apprenant qu'il est suspecté, il se donne la mort sans que ses gardiens aient pu l'en empêcher.

— Ce suicide prouve que tu avais raison, dit le pharaon au prêtre *ouâb*. Je remets ma vie entre tes mains pendant que mes policiers procèdent à une enquête.

Suivent plusieurs séances de magie. Le prêtre *ouâb* utilise des statues d'Horus aux inscriptions magiques placées sur des socles dont les contours ont également été recouverts de formules de magie blanche. Il fait couler sur le dieu guérisseur de l'eau qui tombe finalement dans un récipient placé sous la statuette, tout en prononçant des paroles mystérieuses.

— Que la statue soit imbibée de ces mots magiques et que toi, Pharaon, tu en sois renforcé en buvant cette eau. Que le mauvais œil s'éloigne de ta majesté.

Puis le prêtre *ouâb* prend une statuette d'Horus, auquel il ajoute des oreilles et des yeux en cire.

— Il entendra et verra mieux ce que nous souhaitons de lui, dit-il à Ramsès III.

Puis il place tout près une statuette de Ramsès III, qu'il surmonte d'un scarabée.

— Que la déesse Sekhmet qui t'a apporté des maux les éloigne de toi. Qu'elle te rende la santé et fasse fuir ceux qui te veulent du mal.

Le prêtre modèle une figurine à trois chefs représentant trois têtes d'animaux différents, couronnés l'un du diadème d'Isis, l'autre de celui d'Horus et le dernier de celui d'Anubis. Il écrit quelques mots sur un papyrus qu'il place dans un socle qu'il façonne à sa manière.

— Je déposerai cette statue dans un bois au lever de Séléné, la déesse au croissant de lune. Je tuerai alors un animal et le sacrifierai en l'honneur de la divinité que je décorerai de feuilles d'olivier. Tu verseras, toi aussi, des libations de lait. Tu organiseras, dès demain, une fête pour honorer les dieux protecteurs et les génies fastes. Répète après moi : « Que ce palais ne connaisse que le bonheur, le succès et la prospérité ! Que la déesse de la Fortune aide Pharaon, qui s'engage à lui donner en offrande du lait d'une vache noire et jeune ! »

Ainsi s'achèvent les rites de désenvoûtement.

— Maintenant que Penoui est passé dans l'autre monde, dit le prêtre au pharaon, comment comptes-tu procéder pour en savoir plus ?

— Je vais faire interroger les serviteurs et les gardes. Peut-être ont-ils entendu parler d'une manigance ou d'un complot. Je ne serais pas étonné que ce mouvement soit parti de Deir el-Médineh.

Le prêtre se montre sceptique. Le fait que l'on ait consulté ou volé un manuscrit de la bibliothèque royale l'incline plutôt à penser que les comploteurs, si complot il y a, se trouvent dans le palais.

Le pharaon n'a, toutefois, pas l'occasion de s'interroger longtemps car, en apprenant le suicide de Penoui, certains gardes commencent à répandre une rumeur qui peu à peu arrive aux oreilles du roi.

V

Le pharaon est bientôt informé que ses principaux et plus fidèles collaborateurs sont impliqués dans un complot qui vise à le faire disparaître. Bien que tous évoquent le nom de Tyi, Ramsès III se contente de nommer douze juges et policiers chargés de punir les coupables.

— Je m'occuperai moi-même de Tyi, leur dit-il après les avoir réunis dans la salle d'audience. Enquêtez sur les autres. Je ne veux pas connaître leurs mobiles. Ils n'ont pas à répondre de leurs actes devant moi mais devant les dieux. Vous les interrogerez et ferez en sorte que ceux qui sont coupables se donnent la mort. S'ils refusent, que le châtiment qu'ils méritent leur soit normalement infligé. Mais je ne veux rien savoir à ce sujet.

Puis il ajoute sur un ton manifestement contrarié mais ferme :

— Soyez vigilants et faites en sorte qu'un innocent ne paie pas à la place d'un autre. Que les coupables soient punis tandis que, grâce à la magie du prêtre, je serai à l'abri du malheur pour l'éternité. J'en appelle à Osiris, le dieu de l'Au-delà, et à Amon-Rê. Avant de punir, il serait préférable de recueillir des preuves ou des aveux. Ainsi, nous ne commettrions pas d'impair.

Quand elle apprend ce qui se passe, Tyi n'éprouve aucune crainte. Elle ressent plutôt une profonde déception. Messoy et Pabakkanum se montrent également déterminés à poursuivre.

— Mais c'est impossible ! se lamente Tyi. Tout est perdu ! Le pharaon connaît la plupart des noms de ceux qui ont comploté contre lui. Il sait que nous avons utilisé la magie noire.

— N'oublie pas qu'une armée va se présenter aux portes du palais. Non ! Je ne crois pas que tout soit perdu, affirme Messoy. Mais il faut agir très vite ! Pharaon a nommé une commission de juges. La plupart ne sont pas des professionnels mais des proches de Ramsès III. Dans la commission se trouvent des scribes, des échansons, un porte-parole. Je les connais. Certains sont corruptibles. Il sera facile de les acheter ou, plus simplement, de leur offrir quelque plaisir avec les femmes du harem.

— Je suis prête à faire ce que tu proposes, dit Tyi en reprenant espoir.

— Je vais aider des femmes qui ont accepté de nous soutenir à sortir du palais et inviter trois de ces juges à les rejoindre dans un endroit de plaisir. Je les sais suffisamment pervertis pour accepter mon offre sans réfléchir.

— Si tu es sûr de toi... réplique Tyi, à qui la méthode paraît trop simple pour être efficace.

— Crois-moi, Pharaon a commis une erreur en ne choisissant pas des juges de métier car ceux-ci sont intraitables et cruels, même s'ils risquent d'avoir le nez coupé et d'être déportés à Silè lorsqu'ils se trompent.

— Si nous échouons cette fois-ci, Ramsès III ne nous épargnera pas.

— Les policiers vont utiliser la torture pour faire parler ceux qu'ils ont déjà arrêtés.

Tyi se met à trembler comme si elle avait froid.

— Je n'y avais pas pensé, dit-elle, songeuse. Mourir

ne me fait pas peur mais j'avoue être plus lâche face à la douleur.

* * *

Le soir même, Messoy aide six femmes à sortir du harem. Il les emmène dans les rues de plaisir de la ville où les Égyptiens boivent du vin et de la bière à l'envi et où de belles esclaves vendent leurs charmes.

D'abord révoltées, les femmes finissent par accepter le bon vouloir de Messoy qui leur décrit ce qu'il risque d'advenir d'elles si elles sont interrogées par les hommes du pharaon.

Près des entrepôts de Pi-Ramsès, les tavernes se succèdent. Les marins et les étrangers font grand bruit. Des guirlandes de fleurs autour du cou, ils chantent à tue-tête et s'entourent de filles de joie originaires de Babylone, dont les tatouages sur les cuisses et les seins ne cachent rien de leurs activités.

Comme l'une des dames du harem refuse de pénétrer à l'intérieur de la taverne en prétextant qu'une femme honnête ne fréquente pas ces lieux de débauche, Pabakkanum la pousse à l'intérieur malgré elle. Mais elle se débat avec tant de violence en créant du vacarme dans l'établissement que Pabakkanum décide finalement d'opter pour une autre solution.

— Les hommes que tu connais sont-ils arrivés ? demande-t-il à Messoy.

— Oui, répond celui-ci en les reconnaissant au fond de la salle. Ils sont déjà étendus sur des nattes et des coussins.

— Va les trouver et propose-leur d'organiser cette partie de plaisir chez l'un d'entre eux. Dis-leur que ce sera ainsi plus discret.

Messoy s'exécute aussitôt, de crainte que les cris de la femme n'attirent l'attention sur eux.

Finalement, les trois hommes se présentent sans réticence. Ils se sont mis d'accord pour se rendre chez l'un d'entre eux qui habite non loin de là. L'un est échanson, un autre scribe et le troisième porte-étendard.

— Cette femme est de Byblos, leur explique Messoy. Elle a toujours été bien considérée dans sa région et elle ne tolère pas de se mêler aux filles de joie de cette taverne dont les Égyptiens achètent les caresses contre du vin et des moutons. Elle saura, en revanche, chanter pour vous et endormir vos sombres pensées.

— Nous n'en doutons pas, répond le scribe Mey que le pharaon a désigné dans sa commission. Cela nous changera de cette maison à boire que nous fréquentons tous les soirs. Il est parfois périlleux de s'offrir une étrangère ou une inconnue qui se prétend libre alors qu'elle est mariée. Combien de fois avons-nous risqué stupidement la peine capitale pour nous être laissé berner ! Il m'a fallu répondre, l'an dernier, à un chantage et payer la belle pendant plusieurs mois. Elle menaçait de tout révéler à son mari.

— Était-ce bien son époux ? demande Messoy en souriant.

— Nous n'avons pas pris le temps de vérifier. Ce soir, au moins, nous sommes tranquilles !

Les Égyptiens longent les noirs entrepôts jusqu'à l'entrée d'un petit bâtiment à deux étages.

— J'habite au second, dit le scribe. Montons par l'escalier extérieur.

Déjà ivre, il emprunte l'escalier tant bien que mal, suivi de ses compagnons. Les jeunes femmes avancent en se taisant, la tête baissée.

— Nous pouvons vous laisser, leur lance Pabakkanum. En échange, vous n'enquêterez pas au sujet de ceux dont je vous ai parlé ou vous déclarerez au pharaon qu'ils sont innocents. Demain, d'autres femmes vous seront proposées. Leurs maris sont impliqués dans le complot. Ils ont été arrêtés. Elles acceptent de festoyer avec vous si vous jugez leur époux avec bienveillance. Ce sera le militaire Pais qui les accompagnera jusqu'ici.

Trop heureux des conditions offertes, les trois hommes leur promettent d'agir comme convenu.

* * *

Quelques jours plus tard, le tribunal ouvre ses portes. Les habitants de Pi-Ramsès ont été informés du guet-apens préparé contre le pharaon. Aussi attendent-ils de voir défiler les coupables. Certains viennent par curiosité, d'autres avec la ferme intention de les insulter.

Pour la première séance, six des douze juges ont été désignés. Les autres patientent pour les prochaines séances. De deux contrôleurs du Trésor, de cinq échansons, d'un porte-parole, de deux porte-étendard et de deux scribes dépend le sort des inculpés.

Les premiers accusés se présentent bientôt devant eux. Ils sont tous convoqués pour le même délit. Chacun d'entre eux, homme ou femme, décline son identité et écoute les accusations. Parmi eux se trouvent des trésoriers, des scribes et des échansons, complices de Tyi, qui ont propagé à l'extérieur du harem des mouvements de haine contre le pharaon. Tous sont condamnés à mort.

Puis s'avancent de hauts fonctionnaires et le fils de Tyi, qui reçoit l'ordre de se suicider. Un troisième groupe se présente. Ceux qui le constituent sont condamnés à se donner la mort.

L'un des juges, du nom de Hori, qui a profité des plaisirs offerts par Messoy et qui a promis de ne rien dire, vient finalement trouver ses collègues intègres et leur apprend qu'il existe des traîtres parmi eux. Les juges corrompus sont arrêtés. Ils promettent aussitôt de dire toute la vérité sous peine de finir en exil en Nubie ou d'être placés sur le bois. Mais les juges les interrogent sans relâche.

— Pitié pour moi ! disent-ils de concert.

Mais, comme leurs réponses s'avèrent incomplètes, chacun d'entre eux, à l'exception d'Hori, reçoit des coups de bâton en plein tribunal. Le bourreau frappe le dos, les mains et les pieds des inculpés jusqu'à ce qu'ils révèlent tout ce qu'ils savent. Qu'ils parlent ou qu'ils se taisent, tous sont finalement condamnés à mort. Seul Hori est épargné.

Dans son palais, le pharaon se désole.

— Te rends-tu compte qu'ils me devaient tous leur rang et leur carrière ? confie-t-il à la reine. Sans moi, que seraient-ils devenus ? Les ingrats ont osé me nuire et attenter à ma vie !

Les listes des coupables lui sont remises. Mais il refuse de les regarder.

— Ce n'est pas mon rôle de m'immiscer dans le jugement qui a été rendu, dit-il. J'y suis totalement étranger. Si des coupables ont été condamnés à être enterrés vifs, je ne souhaite pas le savoir.

Les listes comportent les noms de Pabakkanum, l'un des principaux complices de la reine Tyi et des femmes du harem qui ont transmis des messages à l'extérieur. Le bras droit de Pabakkanum, l'un de ses amis échansons, Messoy, le responsable des appartements royaux du harem, le directeur du harem, des inspecteurs du harem, des échansons, des femmes de gardes, le chef de troupes qui a préparé son armée en vue d'une attaque contre Ramsès III, Iéni, le scribe Peri pour s'être tu, des scribes de la Maison de Vie suspects, des magiciens, le chef des prêtres *ouâb*, lui aussi suspect, Pentour, tous sont punis sans ménagement.

Le garde que Tyi a soudoyé, un échanson qui vivait dans le harem et qui est soupçonné de n'avoir rien révélé alors qu'il semblait au courant de tout, le scribe des appartements royaux se suicident.

En revanche, les femmes du harem sont épargnées.

Lorsqu'elle apprend la condamnation de son fils, Tyi paraît inconsolable. Elle se réfugie dans sa chambre, d'où elle refuse de sortir, et pleure sans discontinuer. Dans ses sanglots se mêlent la crainte du jugement et sa douleur devant la disparition de son fils. Mais, curieusement, aucun policier ne vient l'arrêter.

Plus effrayée alors qu'elle ne l'était au lendemain des jugements, elle se convainc que le pharaon lui prépare la pire des peines. Pourtant, rien ne se passe. La fête de la Vallée approche.

« La période que nous avions choisie pour agir ! se dit la reine au bord du désespoir. Mon Pentour est aujourd'hui mort injustement. Je l'ai tué ! La cour va se rendre pendant dix jours à Thèbes pour offrir des offrandes aux défunts. Mon rôle serait de suivre le roi. Mais que va-t-il advenir ? »

Ramsès III ne rend pas visite à Tyi avant la fête de la Vallée. Aussi celle-ci se décide-t-elle à accompagner le harem d'escorte.

La barque sacrée du dieu Amon en bois de cèdre à la poupe et à la proue décorées de têtes de serpents et de béliers en or déploie ses larges voiles carrées aux teintes harmonieuses et aux décors variés. Les marins plongent bientôt dans les flots leurs rames multicolores.

Le pharaon porte un simple pagne. Un serviteur tient une ombrelle au-dessus de sa tête. Le voyage vers le temple d'Amon se fait sans encombre. Quand le cortège royal arrive au temple, le pharaon se coiffe du disque solaire et des cornes de bélier. L'uræus est posé sur son front.

Après le récent complot qui a ébranlé leur pays, les Égyptiens acclament leur souverain avec d'autant plus d'enthousiasme. Ils s'exclament devant les bateaux magnifiques et dansent avant d'assister à de somptueux spectacles retraçant la vie des dieux. Chaque Égyptien s'étonne de la splendeur des costumes, du jeu des acteurs et des décors. L'aventure d'Osiris blessé par Seth est jouée dans le temple même. Puis des légendes populaires, connues de tous, sont mimées par des comédiens de talent.

Le jour suivant est commémorée une victoire de Ramsès III sur les Libyens. Suivent la fête des Morts et des réjouissances en l'honneur de Thot.

Le pharaon fait la tournée des écoles. Il se rend dans la Maison de Vie pour encourager les jeunes Égyptiens qui apprennent là l'écriture, la lecture, la morale, le respect d'autrui, les sciences, la géographie, les cultes religieux et la vie des anciens rois.

Au huitième jour, alors que rien ne le laisse présager, Ramsès III rend visite au harem local puis il revient dans sa résidence royale et visite les femmes du harem d'escorte. Tyi se fait discrète. Quand il s'approche d'elle, elle se met à trembler.

Ramsès III pose ses yeux noirs sur elle.

— J'ai été peiné de me voir trahi par mes plus fidèles collaborateurs, lui dit-il, ceux que j'ai moi-même hissés aux plus hauts postes. Mais la blessure qui a déchiré mon cœur lorsque j'ai appris que tu étais l'instigatrice de ce complot ne parvient pas à se refermer. Je suis de plus en plus malade et je comprends que Amon prépare ma course dans l'Au-delà au côté du dieu Rê. Quand j'ai voulu agir contre toi, il a paralysé mes membres. J'ai compris alors combien tu étais chère à mon cœur. Tu vivras en toute liberté. J'estime que la disparition de ton fils est un châtiment suffisamment pénible pour toi.

Tyi le regarde en rougissant. Toutes les femmes ont les yeux posés sur elle.

— Peut-être sont-ce mes dernières nuits. Mes yeux

ne verront peut-être plus demain la lumière de Rê. Mais je passerai encore de doux instants avec toi.

Tyi suit le pharaon dans la chambre royale du harem. Elle ne peut cependant s'empêcher de penser à son fils que cet homme a condamné même s'il s'en défend et, en cet instant, elle ressent pour lui un indéfinissable sentiment de haine mêlé d'amour.

*
* *

Ramsès III mourut peu de temps après. Ramsès lui succéda et devint Ramsès IV. Ce dernier rédigea un texte appelé aujourd'hui papyrus Harris, rappelant les exploits de Ramsès III.

Ramsès III fut enterré dans la Vallée des Rois. Son corps fut retrouvé au XIXe siècle. La momie de Ramsès III fut transportée au Caire. Elle se trouve actuellement au Musée égyptien.

César et Cléopâtre

CLÉOPÂTRE

LES PTOLÉMÉES
Environ 323-25 avant J.-C.

Ptolémée I Sôter
Ptolémée II Philadelphe
Ptolémée III Evergète
Ptolémée IV Philopator
Ptolémée V Épiphane
Ptolémée VI Philométor
Ptolémée VII
Ptolémée VIII
Ptolémée IX Alexandre
Ptolémée X
Ptolémée XI Aulète
Cléopâtre VII
(69-30 avant J.-C.)
associée à Ptolémée XII puis à Ptolémée XIII
et à son fils Césarion, Ptolémée XIV.

LES LAGIDES

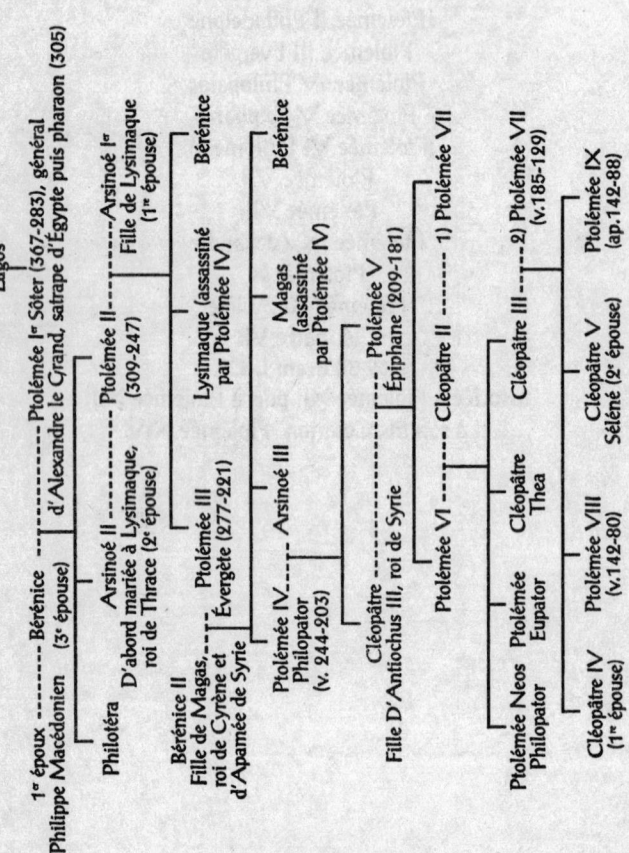

LES LAGIDES

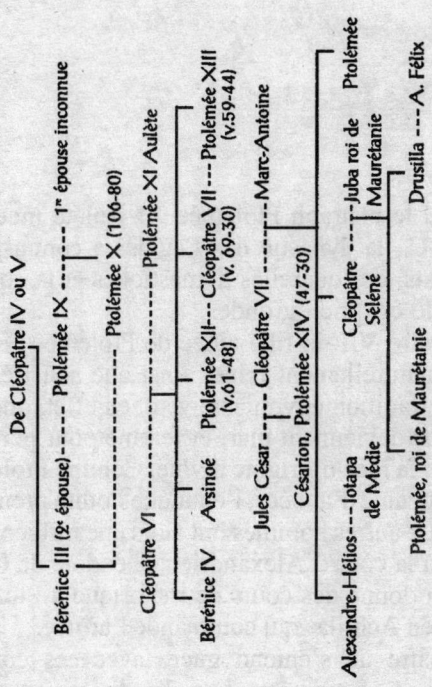

I

Quand le pharaon Ptolémée XI Aulète meurt en 51 avant J.-C., la dynastie des Lagides a connu plusieurs assassinats, des querelles domestiques et la corruption. Le peuple égyptien gronde.

Cléopâtre VII, la fille aînée de Ptolémée XI Aulète, devient naturellement reine, ainsi que son frère Ptolémée. La tradition égyptienne veut, en effet, que le frère et la sœur deviennent mari et femme pour perpétuer la pureté de la race d'origine divine. Comme Ptolémée n'a qu'une dizaine d'années, l'eunuque Pothin prend le pouvoir. Deux autres hommes ont alors une influence considérable à la cour d'Alexandrie : Théodote de Chios, un Grec qui donne des cours de rhétorique à Ptolémée, et l'Égyptien Achillas qui commande l'armée.

Cléopâtre ne s'entend guère avec ces conseillers. Ambitieuse, ne supportant pas les directives, elle s'impose si manifestement que les trois hommes lui reprochent de vouloir s'emparer du pouvoir au détriment de son frère. Informé de ces querelles de cour, le peuple somme la reine et l'eunuque Pothin de mettre leurs différends de côté. Cléopâtre accepte la direction des affaires étrangères et Pothin celle des affaires intérieures mais chacun d'eux ne pense, en réalité, qu'à éliminer son adversaire, Pothin grâce à l'armée d'Achillas, Cléopâtre grâce au Romain Pompée.

Cléopâtre est pourtant encore très jeune. Âgée d'environ dix-huit ans, elle est moins belle que charmeuse. Nul ne résiste à l'harmonie de ses traits, à son intelligence et à l'agrément de sa conversation. Cultivée, d'un esprit raffiné, elle parle plusieurs langues alors que les anciens Ptolémées n'avaient jamais appris l'égyptien. Elle se sert de sa voix comme d'un instrument à plusieurs cordes qu'elle module à merveille.

Comme tous les Ptolémées, Cléopâtre est d'origine macédonienne. Nous n'avons d'elle aucun véritable portrait sauf peut-être la tête colossale de la reine en Isis qui fut retrouvée à Alexandrie à la fin du XIXe siècle [1]. Sur les monnaies, elle a un nez busqué et une poitrine menue. Sans doute Cléopâtre est-elle d'une petite taille mais elle est imposante par le charme et l'élégance. Sa présence, sa fantaisie et sa séduction irritent parfois son entourage. Mais on prend plaisir à la voir et à l'entendre. La douceur de sa voix transporte les cœurs les plus indociles et ceux que la vieillesse a fermés à l'amour.

Malgré cette forte personnalité, Cléopâtre garde un caractère juvénile et un tempérament parfois étourdi et coléreux. Elle s'empare de tous les plaisirs qui sont à sa portée. Son cœur impulsif passe sans transition de la joie à la peine, du rire aux larmes, avec une rapidité déconcertante. Ses formes minces mais gracieuses envoûtent et son visage lisse présente la pureté d'une

---

1. On a longtemps cru reconnaître sur les bas-reliefs de Dendérah la représentation de Cléopâtre. Peut-être s'agit-il, en fait, de la tête de la déesse Hathor ou d'Isis accompagnée d'un cartouche de Cléopâtre. Le buste du British Museum est celui d'une femme syrienne. Les monnaies d'Alexandrie, d'Ascalon et d'Antioche, conservées au British Museum, sont plus fiables. Sur certaines représentations, Cléopâtre a un visage sévère, un nez aquilin assez fort, la mâchoire inférieure en avant et de grands yeux.

âme qui sait pourtant ce qu'elle veut. Ce caractère primesautier est propre à séduire un Romain, non les gardiens de la morale romaine, qui traitent Cléopâtre de magicienne et de prostituée. L'historien Plutarque tombe lui-même sous le charme d'une beauté si incomparable qu'il ne peut, affirme-t-il, y en avoir d'aussi parfaite, qui ne ravisse immédiatement ceux qui la regardent. Cléopâtre représente surtout la vie, une existence intense, toujours riche, dont le nationalisme des écrivains romains ne rendra qu'un trop pâle reflet.

Il faut pourtant un courage certain pour vouloir régner sur l'Égypte en ces années 50. Le pays a perdu toutes ses possessions, la Coélé-Syrie, la Cyrénaïque, Chypre. Le pharaon n'est que l'exécutant de la volonté romaine. Curieusement, pourtant, alors que la dynastie des Lagides semble s'éteindre, Cléopâtre convoite non seulement de reprendre les anciennes possessions égyptiennes mais de régner sur l'Égypte la plus vaste de la période ptolémaïque. Son armée est pourtant ridicule à côté de celle des Romains. Elle ne peut, comme les pharaons qui l'ont précédée, envisager de conduire son peuple au combat. Elle se battra donc avec ses armes et utilisera son charme pour combler son ambition.

Le premier objectif de Cléopâtre est d'éliminer Pothin. Comme les deux fils du proconsul de Syrie, Marcus Bibulus, sont tués par des mercenaires autrefois chargés de protéger Ptolémée Aulète, Cléopâtre les faits arrêter et les livre à Bibulus, l'ami de Pompée. Parce que les remerciements tardent à venir, Cléopâtre envoie au fils de Pompée du blé, des navires et des soldats. Le peuple mécontent se révolte. Cléopâtre s'enfuit en Thébaïde puis en Arabie et, de là, en Syrie, où elle lève une armée. Elle marche bientôt sur l'Égypte. Ptolémée et Achillas viennent à sa rencontre avec les soldats égyptiens. Le frère et la sœur se retrouvent à Pelusa (Port-Saïd).

Pendant ce temps, le sénateur César lutte contre Pompée. Constatant que son adversaire a reçu des renforts, César est contraint d'abandonner Durazzo en Albanie. Le 9 août 48 avant J.-C., il rencontre dans la ville grecque de Pharsale un ennemi supérieur en nombre. Contre toute attente, César l'emporte. Pompée se réfugie en Macédoine, puis retrouve sa femme et son fils dans l'île de Lesbos. Il lui faut trouver un pays d'accueil qui le protège de César. Puisque la Syrie lui ferme ses portes, ce sera l'Égypte !

Quand ils apprennent l'arrivée de Pompée à Alexandrie, Pothin et Théodote ne tergiversent pas longtemps.

— Recevoir Pompée, c'est choisir César comme adversaire et Pompée comme maître, concluent-ils. Si nous renvoyons Pompée, il nous le reprochera et César le poursuivra. Il est donc préférable pour nous d'aller le chercher et de le tuer. En agissant ainsi, nous contenterons l'un sans avoir à craindre l'autre car un mort ne mord pas !

Une simple barque va donc accueillir Pompée, dont la trirème se trouve à une bonne distance d'Alexandrie. Achillas invite Pompée à monter à son bord en s'excusant de venir aux devants d'un hôte prestigieux dans une si pitoyable embarcation. Hésitant, préférant laisser sa femme sur la trirème romaine, Pompée finit par les suivre. Dès qu'il met pied à terre, Achillas et ses hommes le frappent de leurs épées. Achillas coupe alors la tête du Romain et ordonne de jeter son corps à la mer.

Quatre jours plus tard, quand il apprend l'arrivée de César dans la ville égyptienne, le 19 octobre, Théodote s'empresse de lui apporter le chef et la bague de Pompée en signe de concorde. Mais César, qui déteste la lâcheté, débarque avec ses trois mille deux cents hommes et s'installe au palais d'Alexandrie. Il déclare à Pothin qu'il souhaite que Cléopâtre et Ptolémée paraissent devant lui et que leurs armées soient dissoutes. Il fait venir deux légions de Syrie pour renforcer ses sentinelles et fait rechercher le corps de Pompée qu'il place dans le temple de Némésis. Il envoie également à l'épouse de Pompée la tête de son mari embaumée.

S'il ne reste pas insensible à la beauté d'Alexandrie, à son phare, à son Musée où se sont côtoyés les plus grands savants du monde entier et à sa bibliothèque, César sent monter autour de lui un mécontentement général. Le peuple égyptien ne voit pas sans déplaisir les centurions romains arpenter les rues de leur ville ni ce quinquagénaire vêtu d'une toge bordée de pourpre les toiser fièrement en tournant la bague qui lui sert de cachet autour de son doigt. Des hommes complotent aux alentours des marchés et des ports. Lui-même regarde d'un œil envieux le blé que l'on charge sur les bateaux en partance tandis que l'Italie est affamée et ravagée par les guerres civiles.

Rome ne s'est pas assez imposée dans ce grenier à blé qu'est l'Égypte. Il faut y remédier !

Ressentant une hostilité croissante autour de lui, n'excluant pas l'éventualité d'être assiégé dans le palais, César apprend avec soulagement le retour de Ptolémée de Pelusa.

— J'arbitrerai moi-même le différend qui t'oppose à ta sœur Cléopâtre, lui dit-il.

Aucune parole ne peut effrayer davantage Pothin. Si Cléopâtre sait se faire apprécier de César, c'est pour lui la mort assurée.

— Cléopâtre doit disparaître, affirme Pothin, Plaçons des barrages sur toutes les routes à l'insu de César. Cléopâtre ne doit pas parvenir jusqu'ici.

La reine connaît trop son frère pour ne pas deviner ses intentions. Elle comprend toutefois la nécessité pour elle de défendre sa cause devant César. Aussi son fidèle Apollodore de Sicile lui suggère-t-il de se rendre à Alexandrie et de se cacher dans un tapis.

Quand Apollodore se présente aux portes du palais, celui-ci est baigné dans la nuit.

— Que veux-tu ? lui demande le garde.

— J'apporte un cadeau à ton général.

Apollodore est introduit auprès de César, assis à sa table de travail.

— J'attends, lui dit-il, quelque peu irrité d'être dérangé.

Le Sicilien dépose le tapis à ses pieds et le déroule délicatement. Quelle surprise pour le Romain d'en voir sortir la jeune reine aussi gracile qu'espiègle, que cette farce semble beaucoup amuser...

Le sérieux César, qui a déjà conquis l'Espagne, la Gaule et la Germanie, ne peut réprimer un sourire.

— Ton messager m'a fait savoir que tu m'offrais ta protection, lui dit-elle. Il m'a fallu utiliser un stratagème pour échapper aux soldats de mon frère. Mais si tu le souhaites vraiment, j'accepte de me réconcilier avec Ptolémée selon les termes du testament de mon père Ptolémée Aulète.

César admire aussitôt la subtile intelligence et l'esprit d'invention de Cléopâtre. Il comprend qu'il a en face de lui une femme dont l'ambition est à la hauteur de la sienne mais qui incarne aussi la séduction et la sensualité. Il sent toute la force qui se dégage de cette nature apparemment frêle, sur laquelle il pourrait éventuellement s'appuyer pour s'imposer en Égypte. Déjà conquis par l'Orient et par cette Égypte hellénique si différente de l'Italie, invitant à la langueur, au rêve, à la culture, à la musique, au plaisir des sens et à la réflexion religieuse, César détaille non sans amusement celle qui, il le sent, lui servira de guide dans un pays qui l'attire mais qu'il ne comprend pas.

Quand il apprend l'entrevue que César a eue avec sa

sœur, Ptolémée est contraint d'accepter une réconciliation. Le mariage du frère et de la sœur est célébré en grande pompe. Pothin n'en poursuit pas moins son plan. Il entretient la colère du peuple contre César, mécontente les soldats romains, saisit l'or des temples en affirmant qu'il ne fait qu'exécuter les ordres de César. Achillas part chercher l'armée de Ptolémée à Pelusa et revient assiéger le palais d'Alexandrie avec vingt mille fantassins et deux mille cavaliers.

César ne semble guère se préoccuper de l'agitation d'Achillas. Il passe ses journées avec Cléopâtre, joue aux dés avec elle, lui raconte ses exploits. Bientôt se forme leur projet de mettre leurs forces en commun.

Mais Achillas, qui ne parvient pas à pénétrer dans le palais, décide de rassembler la flotte égyptienne. Afin de l'en empêcher, César ordonne d'y mettre le feu. Cent douze navires brûlent bientôt dans le Grand Port. Le feu gagne les bâtiments, les entrepôts et peut-être la bibliothèque. Lui-même décide d'attendre les renforts sur l'île de Pharos afin de surveiller le passage du Grand Port à la haute mer.

Arsinoé, la sœur de Cléopâtre, réussit alors à s'échapper du palais avec l'eunuque Ganymède et à rejoindre le camp d'Achillas, que Ganymède fait exécuter. Celui-ci fait obstruer toutes les conduites pour priver les soldats romains d'eau potable. César déjoue cette ruse en faisant creuser des puits.

Dès que le général romain apprend l'arrivée des renforts d'Asie, l'armée alexandrine entame le conflit grâce aux vaisseaux que Ganymède a réussi à rassembler. Le combat fait rage. César finit par l'emporter et accepte de rendre à Ptolémée sa liberté. Mais le jeune roi réussit à prendre la tête de l'armée alexandrine et à se retourner contre le Romain, qui, fort du secours envoyé par son ami Mithridate de Pergame, décime l'armée royale. Ptolémée périt.

César se montre bienveillant envers le peuple

endeuillé. Une seule pensée l'habite, en ce 27 mars 47, retrouver Cléopâtre qui l'attend dans son palais. Arsinoé fera partie du butin qu'il rapportera à Rome !

Bien que la guerre civile ravage Rome, César s'attarde pendant trois mois auprès de l'Égyptienne. Il lui redonne Chypre, la marie à Ptolémée XIII et se laisse bercer par l'amour qui les unit dans une complète complicité. Cléopâtre lui suggère de partir à la découverte de l'Égypte. Ils remonteront le Nil jusqu'à l'Éthiopie sur le grand navire royal, escortés de quatre cents bateaux.

*
* *

Toutes les pièces de l'embarcation en cèdre et en cyprès sont ornées de peintures et de feuilles d'or. Sont décorés les salles de fêtes, les sanctuaires de Vénus et de Dionysos, le jardin d'hiver, la grotte, la salle de banquet égyptienne qui seule ne possède pas un mobilier grec.

César se laisse conduire. Veut-il découvrir les richesses du pays ? Cléopâtre cherche-t-elle à l'éblouir ? Au-delà des raisons politiques, un voyage savoureux leur tend les bras.

Le couple dépasse Abydos et s'arrête à Dendérah pour offrir un sacrifice à la déesse Hathor. Il n'est pas un temple, pas un monument que Cléopâtre ne montre à César. Tous deux parviennent bientôt à Thèbes. Cléopâtre offre des sacrifices à Hermonthis. Elle décide d'y faire construire un temple.

César est sans doute impressionné par le gigantisme du sphinx, par les pyramides de Chéops, de Kephren et de Mykérinos, par les portiques de Dendérah et les constructions de Karnak et de Louxor. Les deux amants allongés sur des lits dégustent des raisins secs en buvant du vin, charmés par les danseuses et les musiciens qui enveloppent les pièces d'une douce langueur. Seul le bruit régulier des rames qui s'enfoncent dans les flots trouble leur quiétude. Lorsqu'ils s'arrêtent dans les temples, Cléopâtre est saluée comme une déesse ; le peuple l'acclame sur les rives du Nil.

Quand le couple arrive à Assouan, César manifeste le souhait de poursuivre son voyage. Mais son armée se montre réticente. Aussi accepte-t-il de regagner Alexandrie. Cléopâtre n'a plus dès lors qu'un objectif. Si elle est attirée par César, qui est auréolé de nombreuses victoires, elle voit également en lui une possibilité de repousser les Parthes et de remettre la main sur l'Asie. Quant à César, il possède des hommes à profusion. Il peut même en enrôler dans les pays qu'il a conquis mais il lui manque de l'argent. Le Romain a tout intérêt à allier ses forces à celles de la reine d'Égypte. Ainsi pourra-t-il réaliser le rêve d'Alexandre le Grand : unir l'Orient et l'Occident et devenir le maître d'un gigantesque empire que Cléopâtre et lui légueront à leurs enfants.

— Dirige à Rome, lui dit Cléopâtre mais non comme un sénateur, comme un roi aux pouvoirs divins. Alexandre est devenu dieu. Le peuple me considère à l'égal d'une déesse. Adopte nos coutumes.

S'ils s'étaient montrés tout d'abord réticents vis-à-vis des croyances et des rites religieux des anciens pharaons égyptiens, les Ptolémées les avaient finalement adoptés.

César écoute les suggestions de Cléopâtre avec intérêt. Il ne connaît que trop, hélas, les réticences que les Romains éprouvent à l'égard de la monarchie. En outre, lutter contre les Parthes ne constitue pas une mince affaire. Il redoute les hordes de barbares et doute que son armée, jointe à celle de Cléopâtre et aux effectifs de Mithridate, suffise à les combattre. En outre, des émissaires l'informent que les Romains réclament un chef. Pourquoi César s'attarde-t-il ainsi en Égypte ? Le maître de cavalerie Antoine a été contraint de les rassurer. Mais son intervention est insuffisante. César doit rentrer en hâte à Rome pour reprendre les rênes du pouvoir.

Quand il en informe Cléopâtre, la reine pleure longuement.

— C'est donc ainsi que s'achève notre liaison ? Jamais plus je ne te reverrai. Lorsque les affaires de Rome t'accapareront de nouveau, tu m'oublieras bien vite. Tu vas retrouver ta femme Calpurnie. Ne me laisse pas seule ici. Que deviendraient nos desseins ?

César se montre surpris et touché par une réaction aussi vive. Il la rassure.

— Je suis obligé de rentrer à Rome, lui dit-il. Sinon, nous ne pourrons plus rien réaliser ensemble. Mais je reviendrai dès que je m'y serai de nouveau imposé et que j'aurai rassemblé les troupes nécessaires à cette expédition contre les Parthes. Si mon absence se prolonge, c'est toi qui viendras à Rome.

Cléopâtre est partagée entre la fierté et la douleur car elle sait bien que son pouvoir sur César sera d'autant moins grand qu'il sera éloigné d'elle. Il lui faut cependant reconnaître que César doit gagner Rome le plus rapidement possible.

Le jour du départ du Romain, Cléopâtre se rend au port et le quitte avec toute la dignité d'une reine. César laisse ses troupes en Égypte. Il ne part qu'avec quelques fidèles soldats de la VIe légion, qui ont combattu à ses côtés à Pharsale. Cléopâtre regagne seule son palais avec une terrible incertitude sur la suite que César donnera à ses promesses.

II

Loin de Cléopâtre, César retrouve son âme de conquérant. Il bat Pharnace, le roi du Pont, le 2 août, et met à sa place son fidèle ami Mithridate. Les voies vers l'Asie lui sont ouvertes. Après une escale en Grèce, le voilà à Rome, dont il est resté absent pendant plus de vingt mois. Le général romain trouve une situation qui ne lui est guère favorable : les légions, le sénat, tout le monde l'accueille avec froideur. Il revient pourtant victorieux de son combat en Asie qui lui a permis de prononcer la fameuse phrase : *Veni, vidi, vici*, « Je suis venu, j'ai vu, j'ai vaincu », tant cette victoire a été rapide.

Parce qu'ils menacent de se retirer dans la vie civile, César fait mine de renvoyer ses soldats qui l'implorent de changer d'avis. Il leur promet de leur donner ce qu'ils réclament à juste titre, des terres et leurs soldes, quitte à leur offrir ses propres terrains après en avoir acheté.

Comme des partisans de Pompée s'agitent en Numidie, César les encourage à le suivre en Afrique. Les sénateurs qui désapprouvent sa liaison avec Cléopâtre, et qui pensaient utiliser la révolte des légions pour éliminer César, se voient contraints de faire bonne figure.

Habile tacticien, César l'emporte rapidement face

aux effectifs pompéiens. Devant une victoire aussi rapide les Romains, impressionnés, acclament de nouveau César et l'honorent de quatre triomphes pour ses exploits en Gaule, en Égypte, en Numidie et dans le Pont. La sœur de Cléopâtre défile les chaînes aux pieds.

Jamais aucun triomphe n'a été à Rome aussi fastueux ni aussi éclatant avec ses immenses statues représentant les fleuves du Nil, du Rhône et du Rhin. La ville d'Alexandrie en flammes a été reconstituée. Vêtu de pourpre, César se tient debout sur un char conduit par des chevaux blancs. À la fin de la cérémonie, lorsque ont défilé les princes et les généraux prisonniers, il rentre chez lui, escorté de quarante éléphants menés par des cornacs portant des torches enflammées.

Les suicides de Scipion et de Caton de Pharsale étonnent tellement les sénateurs que ceux-ci se montrent prêts à offrir à César les plus honorables fonctions. Ainsi devient-il préfet des mœurs pour trois ans, titre qui lui donne un énorme pouvoir. Soixante-douze licteurs l'accompagneront désormais dans ses déplacements. Un sculpteur le représentera en héros dominant la terre et cette statue sera placée en face du temple de Jupiter. Il prendra part aux séances du sénat sur une chaise curule, à l'égal des consuls. Lui seul couronnera les gladiateurs ou les athlètes vainqueurs après les combats et les courses de chars. Il parlera le premier lors des délibérations.

César accepte tous ces honneurs avec plaisir mais il les juge sans doute bien dérisoires au fond de lui-même en comparaison de ceux qu'il pourrait recevoir en Égypte. En retrouvant le calme après la bataille, il se met à songer à Cléopâtre. Sa femme Calpurnie est, certes, une épouse attentionnée et pleine de goût mais elle manque de fantaisie. César se rend alors compte combien Cléopâtre a modifié son existence terne et monotone. Pourquoi ne tiendrait-il pas sa promesse ? Pourquoi Cléopâtre ne viendrait-elle pas à Rome ? La vertueuse Calpurnie acceptera sa décision et se pliera aux volontés de son mari comme elle a toujours su le faire.

Pendant que César guerroyait et savourait son triomphe, Cléopâtre a donné naissance à un fils le 23 juin 47 avant J.-C., comme l'atteste une stèle du Louvre. Mais qui est le père de cet enfant ? Bien qu'officiellement mariée à son frère Ptolémée, Cléopâtre affirme que ce fils est de César. Elle lui donne même le nom du général romain (le peuple l'appellera « Césarion »). Ne ressemble-t-il pas à César ? Les prêtres égyptiens affirment qu'il est le fils du dieu Rê, mettant ainsi fin à toute polémique. Cléopâtre fait aussitôt battre monnaie. Les pièces la représentent avec son enfant Amour tandis qu'elle-même a pris les traits d'Aphrodite.

Quand le messager de César arrive à Alexandrie, Cléopâtre ne peut cacher sa joie. Ainsi donc le Romain ne l'a pas oubliée. Elle fait aussitôt préparer ses bagages. Les Romains ne sont pas près d'oublier son arrivée dans la ville la plus puissante du monde !

La reine d'Égypte entre à Rome en l'an 46 avant J.-C. avec tous les apparats dus à son rang. Elle porte le fils de César dans ses bras. Tous les Romains assistent à son arrivée triomphale. Calpurnie se trouve alors au côté de son époux, qui décide de loger Cléopâtre dans son domaine au-delà du Tibre tandis que lui-même habite en ville avec sa femme. Cléopâtre n'est plus seulement la reine d'Égypte. Elle règne également sur les Romains. Du moins le pense-t-elle et agit-elle avec les nobles comme si César était roi d'Italie.

Elle est bientôt haïe et redoutée par les sénateurs, qui s'interrogent avec inquiétude : que deviendra César lorsqu'il se sera laissé bercer par les coutumes orientales ? Un être mou, lascif, n'aspirant qu'à devenir un dieu.

En attendant, César reconnaît Césarion comme son fils. Il fait placer dans le temple de Venus Genitrix une statue en or de Cléopâtre, qu'il associe à la mère de Rome, ancêtre présumée de la famille julienne. Mais très vite l'idée de devenir roi prend corps dans son esprit. Cléopâtre l'entretient chaque jour.

— Tu as battu les Grecs, les Gaulois, les Espagnols, les Égyptiens, les Asiatiques. Il est donc naturel que tu règnes sur tous ces peuples, lui dit-elle.

En se faisant épouser, Cléopâtre deviendrait ainsi la reine d'un immense empire. Des nouvelles inquiétantes d'Espagne l'obligent toutefois à repousser ses projets.

— Je dois te quitter, lui dit César. Cneus Pompée vient d'assiéger Ulia où mes légions réclament de l'aide. Labienus, Varus et Sextus ont rejoint Cneus Pompée. Or Varus est excellent sur mer et Labienus ne l'est pas moins sur terre.

— Envoie quelqu'un à ta place, lui suggère la reine.

Mais César est conscient qu'il peut seul pacifier l'Espagne. Aussi demande-t-il à Antoine de veiller sur Cléopâtre.

— Nombreux sont ceux qui trépigneraient de joie en apprenant sa mort, lui dit-il. Je compte sur toi pour la défendre en cas de nécessité.

César ne tarde pas à rassembler ses hommes. Il promet à Cléopâtre de revenir le plus rapidement possible. Comme à son habitude, il rejoint l'Espagne si vite que ses ennemis n'ont pas le temps de se retourner. Son plan est simple. Il attaque Sextus Pompée afin de contraindre son frère Cneus à venir lui porter secours et à abandonner le siège d'Ulia.

Malheureusement, César a compté sans l'âge et la fatigue. À cinquante-cinq ans, il vient de parcourir une longue distance à cheval et en plein hiver. Aussi est-il obligé de rester couché pendant quelques jours à Cordoue.

Averti du danger, Cneus Pompée s'organise et décide d'épuiser l'armée de César par des escarmouches successives.

La guerre traîne en longueur. Les ennemis ne s'épargnent ni d'un côté ni de l'autre, si bien que les légions de César commencent à se montrer irritées et indisciplinées. Le général romain, impatient, finit par ordonner l'assaut le 17 mars 45 mais, au moment de rencontrer l'armée de Cneus Pompée, les soldats de César prennent peur. Ils trouvent en face d'eux une armée deux fois plus importante que la leur. Ne perdant pas courage, César tente de les convaincre de combattre. Il court après les fugitifs, encourage ses soldats, cherche à rétablir la discipline dans les rangs puis il s'avance seul à pied vers l'ennemi après s'être saisi d'un bouclier.

L'adversaire jette sur lui de nombreuses flèches qui ne l'atteignent pas. Aussi son armée se décide-t-elle enfin à le suivre. Profitant d'un mouvement désordonné dans les rangs pompéiens, elle se jette sur l'ennemi. La bataille est sanglante et tourne à l'avantage de César. Une partie des hommes de Pompée reste sur le terrain, une autre se réfugie à Cordoue où César la suit. Le général remporte finalement une victoire totale. La tête de Cneus Pompée lui est apportée comme autrefois celle de son père. La guerre civile est enfin terminée.

Quand il rentre en Italie au mois de septembre 45, César souhaite un triomphe plus grand encore que ceux qu'il a célébrés l'année précédente, un triomphe qui le désigne comme le chef absolu et incontesté de Rome et d'un empire gigantesque. Aussi ne veut-il pas rentrer à Rome sans ses légions, qu'il attend jusqu'au mois d'octobre dans sa villa de Labicum.

— Cneus Pompée a été battu la veille de l'anniversaire de la fondation de Rome, affirme César. C'est là un signe incontestable des dieux. Rome naît une deuxième fois grâce à moi.

Cléopâtre jubile car le sénat donne à César des pouvoirs plus grands encore que ceux qu'il avait reçus lors de ses précédents triomphes. Il est élu dictateur à vie le 14 février 44. Lui seul pourra désormais désigner les consuls, les questeurs et les gouverneurs de province. Il donnera ses ordres aux tribuns et aux sénateurs qu'il écoutera devant le temple de Vénus en trônant sur un siège digne de sa majesté. Il approuvera ou rejettera les projets de loi.

— Tu avais raison, déclare César à Cléopâtre. Les Romains sont des rustres qui ont tendance à croire que leur ville est le centre de la Terre. J'ai l'intention de faire venir à Rome les savants qui se sont installés dans le Musée d'Alexandrie. Ils pourront acquérir la citoyenneté romaine, donner des cours dans le forum que je suis en train de faire construire et enrichir de leur savoir la bibliothèque dont j'ai confié la construction et l'aménagement à Asinius Pollion. Les jeunes Romains ne travailleront plus sur des rouleaux de parchemin mais sur des feuilles de papyrus comme à Alexandrie. Pourquoi faire venir des supports d'écriture de Pergame alors que ceux d'Égypte sont plus pratiques ?

César veut aussi faire connaître à son peuple les croyances de Cléopâtre et de la Grèce. Il l'initie aux cultes d'Isis, de Mythra et de Dionysos ainsi qu'aux théories de Pythagore. Mais il est conscient que l'Orient doit acquérir de son côté un système législatif plus rigide.

— Nous ne pourrons gouverner un si vaste empire sans lui imposer des lois ou sans faciliter les échanges, avoue-t-il à Cléopâtre. Des réformes doivent être envisagées d'urgence.

César fait tout d'abord frapper des monnaies en or dont il fixe le poids. Elles seront utilisées à la place des monnaies locales. Il réforme ensuite le calendrier. Dorénavant, l'année comprendra trois cent soixante-cinq jours dans tous les pays où il gouvernera. Chaque habitant de ces contrées aura droit à la citoyenneté romaine.

Il ne lui reste plus qu'à achever sa conquête. Selon les confidences qu'il a faites à son ami Atticus dans une lettre datée du 28 mai 45, celle-ci nécessitera trois années de guerre et une armée considérable.

César souhaite partir d'Albanie au printemps 44, combattre contre les Daces, traverser l'Anatolie, soumettre les Parthes et n'arrêter sa course qu'à l'Oxus. Cent quatre-vingt mille soldats sont bientôt prêts. Des approvisionnements ont été envoyés en Albanie. Des flottes attendent à Alexandrie et à Rhodes. Mithridate de Pergame assure César de son soutien.

— Tout cela est parfait, lui dit chaque jour Cléopâtre, mais il te manque le titre de roi. La divinité l'a affirmé : les Parthes ne seront vaincus que par un roi. Il te sera beaucoup plus facile de t'imposer à eux si tu es souverain de droit divin. Tu n'es pas le seul à avoir été *imperator*. Il te faut un titre incontestable et unique.

Afin de convaincre les sénateurs réticents, César met en avant la nécessité de venger la mort de Crassus.

— Rome doit retrouver son honneur. Il me faut battre les Parthes et leur imposer notre joug.

Or, pour ce faire, il lui est indispensable de se présenter avec le titre de roi. Que leur dira donc le titre d'*imperator* sinon qu'il est un général remarquable ?

Cléopâtre joue un rôle déterminant dans les changements qui se sont opérés chez César. Rome ne lui semble plus assez prestigieuse. Il préfère les beautés grecques et égyptiennes aux rues sales et malodorantes de Rome. Il a presque honte d'entendre la reine lui reprocher le manque de raffinement des Romains et leur grossièreté. Le manque d'ouverture d'esprit des Romains l'agace. Comment peuvent-ils se contenter de vivre ainsi alors qu'il leur propose d'être maîtres du monde ?

Les détracteurs s'acharnent contre César. « César veut régner sur un empire dont la capitale sera Alexandrie », entend-on. « César est devenu si prétentieux qu'il entend amener le soleil et les astres à se lever ou à se coucher selon les ordres des prétoriens », ironise Cicéron.

Les Romains ne reconnaissent plus le général patriote qu'ils aimaient.

— C'est à cause de l'Égyptienne, affirment-ils bientôt. Cette femme l'a transformé. Elle l'a ensorcelé. Depuis que la prostituée d'Égypte lui a fait boire un philtre, il est devenu ambitieux comme elle. Ne veut-elle pas devenir reine de Rome et voir les plus grands magistrats romains à ses pieds ?

Plusieurs incidents vont accroître la haine des sénateurs et le mécontentement de la foule. Une statue en or de César est retrouvée couronnée du diadème de la royauté. Un peu plus tard, au mois de janvier 44, César assiste aux Fêtes latines avec un manteau et des cothurnes rouges, symboles royaux. Quand il entre dans la ville, des spectateurs l'acclament avec le titre de roi. Mais la foule prend à partie ces spectateurs trop zélés.

Malheureusement, les partisans de César ne retiennent pas la leçon. Le mois suivant, lors de la fête des Lupercales, un dénommé Lucinius tend vers lui une couronne de laurier et un bandeau de laine blanche, signe distinctif des rois. Encouragé par les applaudissements, il la dépose même sur la tête de César. Antoine, qui vient d'être nommé consul, exhorte le peuple à acclamer César. Mais le préteur Cassius monte à la tribune et ôte aussitôt la couronne de sa tête.

Antoine réplique et replace la couronne là où elle était. César a l'intelligence de ne point la garder. Le Romain se lève et la lance dans la foule. Ses partisans protestent. Pourquoi ne garde-t-il pas ce que le peuple romain lui accorde ?

— Laisse cette ville te nommer roi, lui dit Antoine en lui donnant une nouvelle fois le diadème.

Des protestations s'élèvent. Sentant qu'elles risquent de tourner à la révolte, César se lève et s'adresse aux Romains :

— Mettez plutôt cette couronne sur la tête d'un dieu ! Telle est sa place.

Il remercie secrètement Antoine d'avoir fait une telle tentative pour lui donner ce qu'il espère depuis son retour d'Alexandrie.

— Hélas, ce n'était pas le bon moment, dit-il.

Puis il s'adresse au magistrat chargé des actes publics :

— Qu'il soit écrit dans l'histoire de Rome que César a refusé l'offre du peuple qui souhaitait lui donner la royauté.

Les partisans de César s'emparent alors du diadème, qu'ils vont placer sur la tête de la statue de César et non sur celle d'un dieu, comme le leur a demandé le Romain.

Les adversaires ne sont pas dupes de la fausse modestie de celui qui n'aspire en réalité qu'à devenir roi. Ils comprennent que le stratagème d'Antoine aurait pu réussir. Aussi leur faut-il agir vite pour contrecarrer les plans de César.

— La tentative d'Antoine a échoué, dit César à Cléopâtre en rentrant dans sa ville. Je compte partir rejoindre mon armée dans quelques jours. Il me faut réunir le sénat au plus tôt et demander à l'assemblée de me donner le titre de roi.

Tandis que la reine l'approuve, des espions de César se font annoncer.

— On complote contre toi, lui disent-ils. Brutus s'est mêlé aux traîtres. Cassius a tout orchestré.

César refuse de croire ces propos.

— Brutus est incapable de faire du mal à quiconque, rétorque-t-il. Que Cassius me veuille du mal ne m'étonne guère. Sa récente attitude me prouve qu'il ne m'aime pas. Mais Brutus est si doux, si reconnaissant ! Grâce à moi, il est devenu gouverneur de Cisalpine et préteur urbain.

— Brutus cache bien son jeu, lui rétorque-t-on. Il est envieux et jaloux. Il déteste la royauté et ne te pardonnera pas de vouloir être roi.

— J'ai tellement apprécié sa mère ! Il le sait. Comment oublierait-il que son père, le malheureux Junius Brutus, a été assassiné par Pompée en personne ? Il ne peut que me remercier de l'avoir vengé.

— Tu oublies, César, que Brutus a épousé Porcia, la fille de Caton le républicain, et que son ancêtre Marcus a anéanti les Tarquins !

— Si Brutus ne m'approuve pas, il le manifestera en étant absent de la séance du sénat. Jamais il ne porterait la main sur moi !

— Tu te trompes, César, car Cassius sait si bien manœuvrer que Brutus a déjà accepté de diriger les conjurés. Il a bien essayé de proposer d'autres solutions, de pousser Cassius à la discussion. Mais les conjurés restent sur leurs positions. Ils prétendent que seule la mort peut te punir comme tu le mérites et que l'Égyptienne te tient prisonnier dans ses filets, que tu es perdu pour Rome !

Après quelques instants de réflexion, César se tourne vers ses amis.

— Décidément non, je ne puis y croire, leur dit-il. Pas Brutus. Pourtant, il est souvent hésitant mais, quand il a pris une décision, il va jusqu'au bout.

En réalité, soixante Romains préparent l'assassinat de César. Vingt-trois d'entre eux doivent le frapper avant l'ouverture de la séance du sénat. Parmi ces conjurés se mêlent sans doute des anciens partisans de Pompée, des amis de César déçus par l'influence que Cléopâtre a eue sur le Romain, des ambitieux et des jaloux.

Lorsqu'ils se retrouvent seuls, César fait part de ses craintes à Cléopâtre.

— Je ne puis croire à un attentat. Mais je ne suis pas persuadé que le peuple romain comprenne l'enjeu de la guerre contre les Parthes. Il ne la souhaite pas et ne la juge pas utile. Il est vrai que si je perds cette bataille, Rome pourrait bien disparaître de la surface de la terre. Si je l'emporte, les Romains devront accepter cette union entre l'Orient et l'Occident, et je doute qu'ils soient prêts.

Cléopâtre voit avec satisfaction approcher les Ides de mars. César va enfin devenir roi. Elle n'a aucun doute à ce sujet. Les craintes de César n'ont pas lieu d'être. Lui seul peut et doit gouverner à Rome.

La veille du 15 mars, Cassius répète avec ses complices la scène qui doit se jouer le lendemain. Les conjurés se sont donné rendez-vous non loin du Forum mais à l'écart de la foule.

— Il faut absolument empêcher Antoine d'approcher César demain, dit Cassius. Trebonius le tiendra éloigné du dictateur. Tullius Cimber viendra vers César dès qu'il arrivera au sénat et l'implorera de rappeler son frère d'exil. Il tirera alors sur le pan de sa toge. À ce moment précis, Casca frappera César d'un premier coup de poignard pendant que nos amis assis sur les gradins de l'assemblée empêcheront ses partisans de lui venir en aide. Plus nous agirons vite, plus notre action sera efficace. Les hommes de César ne doivent pas avoir le temps d'intervenir.

Comme s'il avait entendu leurs propos, César passe une nuit agitée. Son épouse Calpurnie fait un cauchemar qui lui revient si précisément à son réveil qu'elle en informe César, affolée.

— Ne te rends pas aujourd'hui au sénat, lui dit-elle. J'ai rêvé cette nuit que tu étais assassiné !

César s'étonne de l'inquiétude de sa femme. Aussi interroge-t-il les devins au sujet de ses songes. Tous sont catégoriques : César ne doit pas se rendre ce jour-là au sénat. Mais Brutus arrive.

— Comment ? dit-il à César qui lui fait part des soucis de Calpurnie. Tu annulerais aujourd'hui une séance qui est si importante sous prétexte que ta femme a fait un cauchemar ?

— Les Romains ne se fient-ils pas aux messages des dieux ?

— Assurément. Mais l'enjeu est trop important pour toi. Quand les sénateurs apprendront que tu as préféré écouter ton épouse plutôt que d'être élu roi, tu seras la risée de Rome. Ne raconte-t-on pas déjà que Cléopâtre guide tes pas ? Écouter une femme est tout juste tolérable. Obéir à deux est inadmissible.

— Brutus a raison, dit César à Calpurnie et aux devins qui l'entourent. Je ne puis reculer.

Le dictateur monte alors dans sa litière et se laisse conduire au sénat. Il y est accueilli par l'aruspice chargé de lui faire prendre les auspices. Celui-ci le met en garde. Les Ides de mars ne lui sont guère favorables.

— Qu'importe ! réplique César, pourtant légèrement inquiet. Les dieux m'ont toujours aidé !

Il est onze heures quand César se décide enfin à entrer au sénat. Les sénateurs se lèvent en signe d'hommage. Comme les conjurés l'ont manigancé, Tullius Cimber s'avance et supplie César, qui se montre agacé par sa requête.

— Ce n'est ni le lieu ni le moment, rétorque-t-il.

Mais les complices de Cassius entourent aussitôt le dictateur en faisant mine d'appuyer les suppliques de Cimber. Casca le frappe dans le dos, Cassius en plein visage. Les sénateurs sont sidérés. Les conjurés ne cessent maintenant de frapper le dictateur à tour de rôle. César tente de se défendre et de s'arracher aux mains de ses bourreaux, mais il est encerclé. Reconnaissant Brutus, il dissimule alors sa tête avec un pan de sa toge et se laisse tomber. Dans leur rage de tuer César, certains conjurés se sont eux-mêmes blessés. Ils traînent finalement le corps de César jusqu'à la statue de Pompée.

César meurt frappé par vingt-trois coups de couteau. Les sénateurs ont enfin repris leurs esprits. Ils se lèvent et courent hors de la Curie en réclamant du secours. Les conjurés s'enfuient.

Pendant toute la journée, les citoyens défilent devant le corps de César, recouvert de sa toge ensanglantée, sans oser y toucher. Quand la nuit tombe, des esclaves viennent chercher le corps de leur maître.

Ne songeant qu'à fuir, les conjurés ont agi sans réflexion. Les Romains sont maintenant révoltés. Certains se contentent de s'enfermer chez eux mais d'autres arrivent par dizaines sur le lieu du crime. Les femmes pleurent, affirmant que des malheurs vont s'abattre sur Rome.

— Il faut détruire le théâtre de Pompée et tout ce qui rappellera un tel délit ! affirment les Romains.

— Les meurtriers doivent être punis !

Si les assassins, effrayés, se sont réfugiés avec quelques gladiateurs sur la colline du Capitole, les partisans de César ne redoutent pas moins la réaction de la foule. Les Romains prendront-ils le parti de César ou de ses assassins ?

Très vite, les Romains notent dans le ciel de bien mauvais présages. La mort de César est une catastrophe. Un homme, pourtant, espère bien tirer parti de la situation. Il s'agit de Cicéron, qui écrit à son ami Minucius Basilus : « Je me réjouis, je suis heureux. »

Sans doute pense-t-il que les sénateurs le désigneront comme le chef de la république. Mais Antoine veille. À la séance du sénat qui suit la mort du dictateur, il affirme :

— César doit avoir des obsèques dignes de lui ! Que ses assassins périssent comme ils le méritent !

Tous les sénateurs ne sont cependant pas de son avis. Malgré de nombreuses oppositions, Antoine obtient gain de cause. Il va trouver Cléopâtre pour lui faire un rapport sur la situation. Depuis la mort de César, la reine reste prostrée dans sa douleur. Elle ne sait au juste si elle pleure César ou ce grand empire qu'elle rêvait de diriger et qui ne lui semble plus qu'une illusion.

— J'ai convaincu les sénateurs d'honorer César comme il le mérite, lui dit-il, mais j'ai senti de l'hostilité chez certains. César m'avait demandé de te protéger. Il est de mon devoir de t'apprendre qu'à Rome ta vie est désormais en danger.

Cléopâtre le remercie de sa fidélité.

Quelques jours plus tard ont lieu les obsèques de César. Ses légionnaires suivent son cortège jusqu'aux Rostres. Le corps de César est placé sur une estrade puis Antoine entame l'éloge funèbre. Il sait que son rôle ne consiste pas essentiellement à rappeler les exploits d'un homme mais que de son discours dépend le sort de Rome.

Antoine décrit lentement les victoires de César en regardant à tout instant le corps étendu de celui qui gît à ses pieds.

— Vous tous Romains, vous avez juré de veiller sur César et de tuer ceux qui oseraient attenter à sa vie. Moi-même, je suis prêt à tenir mon engagement !

Voyant les sénateurs peu enclins à le suivre, peut-être parce qu'eux-mêmes ont été impuissants à sauver César, Antoine conclut son discours en invitant la foule à l'accompagner jusqu'au bûcher où se consumera le corps du dictateur. Mais, au moment de descendre les marches de la tribune, Antoine s'agenouille devant le corps de César puis il ajoute quelques mots peu perceptibles mais touchants. Il gémit, sanglote, rappelle le nom des pays pris par César.

— Il était bon, généreux, brillant, courageux, dit-il en élevant la voix.

Antoine s'empare alors de la toge qui recouvre le corps de César et la montre à la foule.

— La voyez-vous déchirée par les coups de poignard ?

Alors montent de toutes parts des chants de deuil. Antoine fait mouvoir un mannequin sur l'estrade, un mannequin qu'il a fait fabriquer avec les traits de César !

Les Romains se précipitent pour s'en emparer.

— César sera brûlé devant le temple de Jupiter ! crient-ils.

Mais d'anciens soldats de César se sont déjà avancés sur l'estrade. Ils portent des torches enflammées.

— César sera brûlé ici ! déclarent-ils.

Les Romains détruisent aussitôt la tribune pour en faire un bûcher. Une foule gagne le Forum, à la recherche de planches et de mobilier en bois. Elle s'empare des tribunaux des juges, des comptoirs des marchands. Les femmes jettent dans le brasier leurs bijoux et les amulettes sacrées qu'elles ont suspendues au cou de leurs enfants. Les hommes y joignent leurs armes et leurs décorations. Le peuple crie et chante tandis qu'une immense flamme consume le corps de celui qui était le maître des Romains.

Dans la villa de César, Cléopâtre s'interroge. Elle se demande si Antoine est arrivé à ses fins. La reine voit soudain monter dans le ciel une fumée noire et épaisse. Que doit-elle faire ? Fuir ou attendre le retour d'Antoine ?

Elle se sent responsable de la mort de César. « Faute d'avoir compris les Romains, j'ai perdu l'homme que j'aimais et qui m'aurait toujours soutenue, se dit-elle. Maintenant que vais-je devenir ? Que va devenir l'Égypte ? »

Mais l'heure n'est pas à l'incertitude. Des reproches se font déjà entendre dans les rues de Rome. La rumeur parvient bientôt aux oreilles de la reine.

— Vite, lui dit Antoine en venant la rejoindre. Dans peu de temps, les Romains briseront ces portes pour se faire justice. Ils viendront ici venger la mort de César !

Cléopâtre remercie une nouvelle fois Antoine de son aide. Elle rassemble ses servantes et s'embarque sur le Tibre.

— Tu rejoindras Ostie sur cette frêle embarcation, lui dit encore Antoine. Sinon, tu serais bien vite repérée.

Cléopâtre a juste le temps de l'interroger sur ce qui le pousse à agir ainsi.

— Pourquoi cherches-tu à m'aider ? Tu devrais au contraire m'en vouloir d'avoir causé la perte de César.

Antoine lui fait part de ses sentiments. Tant que César était en vie, il lui était impossible d'oser espérer un regard de la reine, mais il peut maintenant lui révéler son attachement.

Cléopâtre ne lui répond rien. Elle se contente d'embarquer et, tandis que la barque flotte sur le Tibre, elle revoit son arrivée triomphale à Rome.

Antoine et Cléopâtre

I

Pendant le voyage qui la conduit vers son pays, Cléopâtre ne se laisse nullement aller au désespoir. Elle pleure César pendant quelques jours. Mais, très vite, son ambition l'emporte sur sa peine.

Tandis que la barque poursuit son périple en Méditerranée, la reine s'installe sur le pont. Elle écoute ses musiciennes, respire l'air chaud qui vient caresser son visage. Ses serviteurs s'activent autour d'elle avec les moyens du bord. « Il n'est pas dit que la reine d'Égypte a perdu son pouvoir. Il me reste Césarion, les légions romaines de César qui sont stationnées à Alexandrie, Antoine qui est prêt à m'aider et toutes mes richesses. Que pourrait un Romain contre le trésor de l'Égypte ? Césarion est maintenant le fils d'un dieu puisque César brille dans le ciel au milieu des autres astres. Une nouvelle constellation n'est-elle pas apparue dans les cieux ces jours-ci ? Depuis la mort de César, le soleil n'est-il pas légèrement voilé par l'apparition de ce nouvel astre ? »

La voyant songeuse, une de ses proches servantes lui demande si elle désire quelque chose.

— Non, rien, répond Cléopâtre d'un ton mélodieux. Je vais beaucoup mieux. Je crois que la reine d'Égypte n'a pas dit son dernier mot !

« Que vais-je faire de mon frère Ptolémée ? » se demande encore la reine. Il ne doit aucunement entrer en concurrence avec Césarion. Dès mon retour, je compte m'associer à mon fils. Je veux qu'il soit représenté en pharaon à mes côtés à Dendérah. L'artiste me donnera les traits de la déesse Hathor. Césarion sera Ptolémée XIV. Mais que deviendra donc mon frère ? »

Bientôt de tristes desseins se forment dans son esprit ambitieux. Puisque César n'a rien laissé pour Césarion dans son testament, à moins que Calpurnie n'ait détruit celui que César avait fait en sa faveur, elle imposera elle-même Césarion à la face du monde. Aussi Ptolémée, qui pourrait bien s'avérer un jour un rival, doit-il disparaître. Elle se chargera de ce détail dès son retour [1].

Elle se surprend à songer à Antoine. Si le testament de César est rédigé en faveur de son neveu Octave, Antoine lui semble mieux placé dans le cœur des Romains.

— Il a plus de pouvoir. Il s'imposera à Rome, murmure-t-elle.

Elle revoit alors ce bel homme grand et fort devant elle. Sa chevelure annelée, ses traits fins et réguliers, son physique agréable, ses yeux lumineux et vifs, son sourire bienveillant lui ont plu d'emblée. Elle sait que les femmes apprécient son charme et sa force. D'une endurance exceptionnelle, courageux et populaire, Antoine a la réputation d'être un soldat familier avec ses hommes, qui sait les entraîner et les encourager au combat. « César le considérait comme son plus fidèle lieutenant, se dit Cléopâtre. Je crois comme lui qu'il est le meilleur. Les Romains le considèrent comme le

---

1. Peut-être Ptolémée revint-il à Alexandrie avec Cléopâtre, ainsi que l'atteste un texte d'Oxyrhynchos (actuelle El-Bahnassa) du 26 juillet 44 avant J.-C. Les historiens Porphyre et Josèphe affirment que Cléopâtre l'empoisonna pour protéger son fils.

futur maître de Rome. On le dit aussi débauché mais cela n'a aucune importance. »

Quand l'embarcation de Cléopâtre arrive en Égypte, un bateau luxueux plus digne de la reine vient la chercher pour la conduire en son palais de Lochias. Cléopâtre a retrouvé ses couleurs et son sourire. Elle a de nouveau foi en l'avenir.

***

Cléopâtre parvient sans peine à associer Césarion à son règne. Une stèle du Fayoum dédiée au dieu crocodile, arrière-grand-père de Césarion, et une stèle de Turin commémorent bientôt la vénération dont les Égyptiens entourent la reine et son fils.

De son palais, Cléopâtre se tient constamment informée des événements qui se déroulent à Rome. Elle apprend ainsi qu'Antoine tente de s'entendre avec Octave pour venger César mais que les deux hommes sont sans cesse en désaccord.

Les légions romaines qui étaient encore en Égypte partent en Asie rejoindre Dolabella, un partisan de César, mais elles prennent finalement le parti de Cassius. Mettant leurs différends de côté, Antoine et Octave vont lutter contre Brutus en Macédoine. Cassius meurt sur le champ de bataille en l'an 42 et Brutus se suicide.

Le sénat romain forme un triumvirat constitué d'Antoine, de Lépide, un ancien lieutenant de César, et d'Octave, le fils adoptif de César, qui est aussi fragile physiquement qu'Antoine est robuste. Impopulaire, mauvais orateur, peu apprécié des soldats romains, Octave reçoit en partage l'Occident et doit rentrer à Rome. Antoine s'occupera des affaires d'Orient. Aussi s'attarde-t-il en Grèce après sa victoire sur Cassius, puis à Éphèse, où il demeure un an. Gérer un empire ne l'intéresse pas. Il préfère de beaucoup briller au combat. En outre, les affaires l'ennuient et il se montre incapable de trancher quand il s'agit de gouverner.

Antoine se fixe finalement à Tarse, capitale de la Cilicie. Il s'étonne que Cléopâtre ne l'ait pas encore félicité de sa victoire sur Cassius. Aussi lui envoie-t-il un messager, l'historien Delius, pour la convoquer à Tarse.

De son côté, Cléopâtre s'est bien gardée de prendre position pour l'un ou l'autre des anciens amis de César. Mais elle juge le moment venu de rejoindre le brillant Antoine. Elle ne veut cependant pas avoir l'impression d'accourir dès qu'il en donne l'ordre. Aussi se montre-t-elle tout d'abord réticente.

— Antoine ose me convoquer, dit-elle, alors qu'il s'allie avec Octave. Mais le fils adoptif de César n'est-il pas une menace pour Césarion, qu'Antoine lui-même a reconnu comme le successeur légitime de César ?

La reine analyse parfaitement la situation. Si elle a besoin des soldats d'Antoine, le Romain ne peut rien faire sans argent. Or l'Égypte possède des trésors. Autre avantage : la reine connaît bien le caractère d'Antoine. Il est brave et bon mais sensible au luxe. Il aime être flatté. Le fait d'avoir été reçu en Grèce comme un dieu et comparé à Dionysos lui a plu. « Puisque Brutus et Cassius sont morts, le seul qui puisse lutter efficacement contre Octave est Antoine, se dit Cléopâtre, et Octave est un véritable obstacle au pouvoir de Césarion. »

Au bout de quelques instants qui mettent Delius dans l'embarras, Cléopâtre finit par répondre :

— Je me rendrai à Tarse avec tous les honneurs dus à mon rang !

Delius pousse un soupir de soulagement. Qu'importe la manière dont la reine d'Égypte compte se rendre en Cilicie ! Il a rempli sa mission : Antoine rencontrera Cléopâtre.

Celle-ci prépare cette entrevue avec la plus grande minutie car elle sait que de cette rencontre dépendent le sort de l'Égypte et celui de son fils. Antoine aime le luxe et les plaisirs ? Elle le comblera au-delà de toutes ses espérances.

* *

Cléopâtre quitte Alexandrie avec un cortège fabuleux. Elle arrive bientôt à l'embouchure du Cydnus et remonte tranquillement le fleuve jusqu'à la capitale de Cilicie. En voyant un tel cortège, les habitants de la ville se précipitent au port. Semblable à Aphrodite, Cléopâtre est entourée de cupidons. Elle est assise sous un baldaquin en or tandis que des jeunes femmes aux voiles pourpres rament au son des flûtes et des harpes. Trois grâces guident le navire et tiennent le gouvernail.

Le peuple, d'abord muet d'admiration, se met à acclamer la reine. Il contemple les bancs des rameurs en argent, les larges voiles de pourpre, les cupidons qui, de chaque côté du baldaquin, éventent la reine avec des plumes d'autruche bariolées.

En apprenant l'arrivée de Cléopâtre, Antoine envoie auprès d'elle un officier chargé de l'inviter à souper. Elle lui fait répondre qu'elle le convie elle-même à bord de sa galère. Antoine accepte avec quelques réticences. Mais, bien vite, ces hésitations font place au plaisir car la compagnie de Cléopâtre est très agréable.

Antoine est accueilli à bord avec des personnalités de la ville. Il est aussitôt charmé par la musique, par les envoûtantes odeurs d'encens qui s'échappent des brûle-parfums, par le banquet où l'attend un succulent dîner. Il en oublie même de parler à Cléopâtre du sujet qui le préoccupe.

Bientôt, dans la pièce ornée de tentures de pourpre, sur des *triclinia* brodés, s'allongent les invités de Cléopâtre. Des serviteurs placent devant eux, sur des tables basses, une vaisselle en or, des plats où rutilent les pierres précieuses et des coupes dans lesquelles scintillent les meilleurs crus. Des fleurs embaument sur le sol. Tout laisse place au rêve et à l'invention. Antoine, qui apprécie les mises en scène, ne peut y rester insensible. Il est, au contraire, à ce point comblé qu'à l'aube, lorsque ses hommes quittent la galère, il se demande s'il a réellement vécu un tel bonheur.

Sachant qu'elle vient de remporter une victoire, Cléopâtre renouvelle le lendemain son invitation. Le festin est alors d'un tel faste qu'il fait oublier le repas de la veille. La reine d'Égypte offre des cadeaux à l'ensemble de ses invités. Les convives peuvent emporter les *triclinia* sur lesquels ils se sont étendus, les coupes dans lesquelles ils ont bu et des litières avec leurs porteurs et leurs accompagnateurs. D'autres invités se voient offrir des chevaux et des harnais en or.

— C'est maintenant à mon tour de faire preuve de magnificence, dit Antoine en la quittant.

Malheureusement le Romain a beau mettre tout en œuvre pour préparer un repas digne de celui de la reine, son festin n'égale en rien ceux de Cléopâtre.

— Je ne suis qu'un soldat vulgaire et gauche, se plaint-il.

Antoine n'a connu jusque-là que des femmes d'un rang bien inférieur à celui de Cléopâtre. Sa première épouse était une fille d'affranchi, sa deuxième femme, l'illustre Fulvie, est d'origine modeste. Quant à ses aventures, il les vit plutôt avec des prostituées des bas quartiers de Rome.

Afin de ne pas le désorienter, Cléopâtre décide d'accepter Antoine tel qu'il est. Aussi adopte-t-elle sa manière de parler.

Elle l'invite une nouvelle fois, lui et ses généraux,

dans une salle de banquet dont le sol est jonché d'une si grande épaisseur de pétales de fleurs que les soldats s'enfoncent dans le parterre odorant en se réjouissant à l'avance des mets qu'ils s'apprêtent à déguster.

— Comment fais-tu pour déployer tant de charme et tant de raffinement ? lui dit Antoine, conquis. Comment pourrais-je atteindre ce degré de perfection dans la préparation des banquets que je donne en ton honneur ?

Flattée et satisfaite de voir ainsi Antoine à ses pieds, Cléopâtre minaude et sourit mystérieusement.

— Mais tu n'as rien vu ! s'exclame-t-elle. Je pourrais dépenser une fortune pour te recevoir. Disons...

La reine avance une somme tellement importante qu'Antoine se refuse à la croire.

— Eh bien, je te prouverai que la reine d'Égypte peut tout ce qu'elle veut ! dit-elle en éclatant de rire. Plancus sera témoin de ce que je viens de dire. Prenons date dès aujourd'hui.

Certain de remporter son pari, Antoine s'empresse d'accepter avec un plaisir d'adolescent. Ce genre de provocation lui plaît d'autant plus qu'un merveilleux dîner l'attend quoi qu'il en soit.

**

Quelques jours plus tard, Antoine se rend, comme prévu, à bord du navire de Cléopâtre, qui l'accueille aussi jovialement qu'à l'accoutumée. Mais il n'y distingue rien de plus luxueux que lors des dîners précédents. « Je vais gagner mon pari », se dit-il.

La reine paraît toutefois sûre de son fait.

— Tu regardes autour de toi avec satisfaction, dit-elle à Antoine, car tu espères bien avoir gagné.

Le Romain cache mal son contentement. Aussi Cléopâtre donne-t-elle l'ordre à un serviteur de lui apporter une coupe pleine de vinaigre. Elle enlève une perle aux bijoux qui la parent et dit à Antoine :

— Vois-tu cette perle ? Elle coûte la moitié de la somme dont nous avions parlé lors de ta précédente visite.

La reine laisse aussitôt tomber la perle dans le vinaigre. Dès qu'elle est dissoute, Cléopâtre boit le breuvage et réclame une autre coupe. Mais Plancus l'interrompt. Inutile de faire une seconde démonstration. Cléopâtre a donné la preuve de sa richesse.

Antoine reste médusé par la facilité avec laquelle la reine dépense son trésor mais aussi par son ingéniosité. Il ne se doute pas que Cléopâtre considère ses dîners, ses cadeaux somptueux et ses dépenses comme des enjeux politiques. Impressionner Antoine, s'allier les Romains, reprendre le plan qu'elle avait échafaudé avec César font partie de ses objectifs.

— Je n'ai pu, hélas, apporter ici toutes mes ressources, dit-elle encore à Antoine. Mais je te montrerai à Alexandrie tout ce que je possède. Suis-moi en Égypte !

Antoine accepte aussitôt.

— Je te rejoindrai dès que possible et je serai à l'écoute de tous tes désirs.

Cléopâtre juge le moment venu d'en exprimer quelques-uns qui lui tiennent à cœur.

— Ma sœur Arsinoé a défilé lors du triomphe de César mais elle s'est depuis rendue à Éphèse. On dit qu'elle espère avoir la vie sauve en restant dans le temple d'Artémis.

— Que souhaites-tu ?

— Que tes hommes la contraignent à en sortir et qu'ils la tuent. Elle ne mérite pas de vivre après sa trahison.

Antoine lui promet de s'en occuper.

— Il y a encore quelqu'un qui ne mérite pas d'être pardonné, poursuit Cléopâtre, qui a hâte de se venger.

Sérapion, le gouverneur de Chypre, a osé aider Cassius contre Dolabella. Il doit périr pour avoir fait ce choix.

Antoine approuve encore de la tête.

— Vois-tu d'autres traîtres à punir ?

— Pas pour l'instant, répond Cléopâtre. Quand penses-tu me rejoindre en Égypte ?

Tandis que les serviteurs s'affairent autour d'eux et qu'une douce musique les berce, Antoine plonge ses yeux brillants dans ceux de Cléopâtre.

— Je vais régler au plus vite les affaires de Syrie, lui répond-il. Juste le temps de lever les tributs et de mettre fin aux querelles.

— Je ferai de toi le plus oriental des Romains !

— Je ne demande que cela, affirme Antoine, comblé à la pensée de vivre auprès de Cléopâtre des jours aussi délectables que ceux qu'il a connus à Tarse.

La reine quitte le port de Cilicie quatorze jours après son arrivée à Tarse. Elle vient de remporter plus qu'une bataille. Elle a conquis le cœur d'Antoine, le Romain le plus puissant d'Italie.

II

Antoine arrive en Égypte pendant l'hiver 41-40. Très vite, les deux amants mènent une vie de plaisirs insensée que les peintres et les poètes chanteront des années plus tard.

Antoine laisse Cléopâtre lui apprendre les délices de l'Orient. Il s'habille bientôt à la grecque, avec un manteau et des cothurnes blancs. Il fréquente le gymnase et écoute les cours d'un maître de philosophie. Il multiplie les divertissements, qu'il s'agisse de pêche, de chasse ou de plaisirs nocturnes. Cléopâtre organise des orgies et ne le quitte plus ni le jour ni la nuit.

— Connais-tu les « Inimitables » ? lui demande-t-elle un jour. Il s'agit d'une société de jouisseurs grecs. Pourquoi n'organiserions-nous pas comme eux des parties de plaisir à toute heure du jour et de la nuit ?

Antoine s'empresse d'accepter. Il connaît bientôt les joies des longues promenades à cheval, participe à des concours de natation, de pugilat et d'escrime. Mais Cléopâtre ne peut s'empêcher de le considérer tel qu'il est, comme un homme d'un tempérament généreux, plein de vie, mais peu recommandable et insouciant des intérêts politiques.

Un mariage divin scelle leur liaison et leur amour.

Deux enfants naîtront de leur union : Alexandre-Hélios et Cléopâtre-Séléné.

Après des semaines de délices, Cléopâtre juge le temps venu d'agir.

— Alexandrie ne doit pas te faire oublier ton devoir, rappelle-t-elle à Antoine. Tu restes trop longtemps absent de Rome. Octave en profite sans doute pour s'imposer !

Comme elle ne veut toutefois pas le brusquer, elle l'accompagne volontiers dans ses parties de pêche. Un jour, parce qu'il n'attrape aucun poisson, Antoine demande à un serviteur de plonger et d'en accrocher de nombreux à son hameçon. Remarquant le subterfuge, Cléopâtre fait mine d'applaudir et convoque le lendemain plusieurs personnes prêtes à admirer l'habileté d'Antoine. Elle ordonne à l'un de ses esclaves de plonger et d'accrocher à son hameçon un poisson fumé de la mer Noire. Penaud, Antoine lui demande des explications.

— Abandonne donc ta canne aux pêcheurs de Pharos et de Canope, et amuse-toi plutôt avec les villes, les pays et les empires comme tu sais si bien le faire !

**

Au mois de février 40, Antoine est informé de ce qui se passe à Rome. Comme Cléopâtre s'y attendait, Octave manœuvre pour s'emparer du pouvoir au détriment de ses collègues. Fulvie, la femme d'Antoine, et Lucius, son frère, ont tenté de le renverser mais ils ont été contraints de prendre la fuite.

Antoine apprend encore que les Syriens se sont rapprochés des Parthes. Ceux-ci chassent d'Antioche Decimus Saxa, le gouverneur qu'Antoine avait mis lui-même en place. Le Romain Labienus les dirige.

Renvoyé par les Parthes, Hérode se rend à Alexandrie au printemps. Il vient supplier Antoine de l'aider.

— Il m'est impossible de demeurer plus longtemps inactif, dit Antoine à Cléopâtre. Je dois partir pour Tyr. Ce port n'a pas encore été pris par l'ennemi.

La reine frémit. Même si elle sait combien il est important qu'Antoine s'impose, elle craint de ne plus jamais le revoir. Son caractère peu fiable la terrorise. Tiendra-t-il ses promesses comme l'avait fait César ? Aussi ne voit-elle pas sans crainte le bateau d'Antoine quitter le port d'Alexandrie.

***

En arrivant à Tyr, Antoine apprend que son frère Lucius a été fait prisonnier à Pérouse et que son épouse tente de le rejoindre. Ne se sentant pas prêt à renverser Labienus, qui s'est d'office installé à Tyr avec le titre d'*imperator*, il se dirige vers Athènes, où se sont réfugiées Fulvie et sa mère.

L'épouse d'Antoine est furieuse. Elle reçoit son mari avec colère et lui adresse de violents reproches. Antoine comprend alors que son épouse a organisé un complot contre Octave pour le faire revenir d'Égypte. Mais Fulvie n'a guère le temps de se venger de sa rivale. Elle meurt subitement, laissant Antoine libre de se réconcilier avec Octave. Une rencontre est organisée à Brindes en septembre.

— Fulvie est responsable de notre désaccord, dit Antoine à Octave. Maintenant qu'elle est morte, traitons ensemble et à l'amiable.

Octave approuve. Tous deux décident de faire l'inventaire des régions qu'ils dirigeront. Octave gardera l'Italie et l'Europe ainsi que la Dalmatie et l'Illyrie. Antoine conservera l'Orient.

— Afin de sceller nos accords, dit Octave à Antoine, je te donne comme épouse ma sœur Octavie.

Antoine se voit obligé d'accepter une union qui plaît aux Romains. Ce mariage mettra enfin un terme aux dissensions entre les deux hommes.

Cléopâtre se demande pourquoi Antoine s'attarde à Rome. Elle apprend bientôt son mariage avec Octavie. Un messager lui rapporte combien cette union a été célébrée dans la joie.

— Maintenant le couple s'apprête à gagner Athènes. Antoine veut revivre auprès de sa femme les plaisirs qu'il a connus en Orient. Il souhaite retrouver les joies du gymnase et être de nouveau appelé Dionysos.

Cléopâtre est bouleversée par ces nouvelles. Des sentiments divers la tourmentent : la révolte contre cet homme en qui elle a placé stupidement sa confiance, la jalousie envers Octavie qu'elle sait prude, belle, jeune et prête à donner à Antoine un équilibre familial. Elle se sent humiliée et blessée.

Pendant ce temps, Antoine savoure en Grèce sa popularité. Il distribue des royaumes. Hérode devient roi de Judée, Darius, le fils de Pharnace, roi du Pont, Polémon roi de Lycaonie. Il apprend avec satisfaction que son lieutenant Ventidius Bassus l'a emporté sur les Parthes et que Labienus a été tué. Au printemps suivant, quand les Parthes reviennent en Syrie, Ventidius fait le siège de Samosate, où s'est réfugié Antiochus Ier de Commagène, avec une telle réussite qu'Antoine le congédie afin de poursuivre lui-même les hostilités. Mais il ne parvient pas à obtenir d'Antiochus ce que le roi avait promis à Ventidius.

Furieux, Antoine passe l'hiver à Athènes avec Octavie. Au printemps, ils se rendent tous deux à Brindes, où se trouve Octave.

— J'ai de l'argent et plus de navires qu'il ne m'en

faut. Mais j'ai besoin d'hommes, dit-il à sa femme. J'apporte à ton frère plus de cent navires. Peut-être acceptera-t-il de me donner des soldats en échange.

Octavie fait la moue. Elle connaît son frère.

— Oublierais-tu que tu ne l'as pas aidé l'an dernier quand Mécène est venu de sa part te demander secours ?

Octave refuse effectivement toute tractation. Il possède, affirme-t-il, suffisamment de bateaux.

Antoine gagne Tarente, la rage au cœur. Aussi Octavie juge-t-elle nécessaire d'intervenir pour éviter une nouvelle brouille entre les deux hommes. Antoine et Octave parviennent à un accord. Mais si Antoine respecte les termes du contrat, Octave refuse finalement de donner les légions promises.

— Comment ? rugit Antoine en rendant son épouse responsable de cet échange de dupes. Le sénat vient de renouveler le triumvirat pour cinq ans ! Je viens de remporter une victoire à Samosate. Les Grecs me considèrent comme un dieu et ton prétentieux de frère ose ne pas tenir ses promesses !

Antoine part pour Corfou avec Octavie et ses enfants mais, arrivé dans l'île, il les renvoie en Italie.

— Ne venez pas avec moi en Syrie, dit-il à sa femme. La situation est trop dangereuse.

En réalité, Antoine commence à se lasser de la trop vertueuse Octavie. Il pense de nouveau à Cléopâtre, qu'il n'a pas vue depuis quatre ans. Pourquoi ne viendrait-elle pas le rejoindre à Antioche ? Antoine dépêche immédiatement son lieutenant Fonteius Capito à Alexandrie.

Cléopâtre demeure extrêmement surprise par le message d'Antoine. Elle décide tout d'abord de ne pas y répondre. Puis elle se rétracte. Elle se sent irrésistiblement attirée par son ancien amant, même si elle n'ose se l'avouer. Elle s'est rendu compte, en son absence, combien il était indispensable à sa réussite. Il lui faut, en outre, réorganiser sa flotte et son armée.

Cléopâtre se rend donc à Antioche. Elle ne fait aucun reproche à son ancien amant. Mais elle se montre froide et exigeante.

— Si tu veux que nous revivions ensemble, lui dit-elle, épouse-moi officiellement.

Antoine se montre interloqué. Ne sait-elle pas qu'il a déjà une épouse ?

— Une épouse romaine, non égyptienne, lui répond Cléopâtre.

— Les lois de Rome ne tolèrent pas la bigamie. Pour t'épouser, il me faudrait répudier Octavie. Octave ne me le pardonnerait pas.

— Qu'importent ces formalités ! Si tu m'épouses en Égypte, je serai ta femme. Ce qui se passe ou s'est passé ailleurs n'a aucun rapport avec notre union.

— En ce cas, marions-nous selon les rites égyptiens, répond Antoine, qui espère faire ainsi accepter ce mariage aux Romains.

Cléopâtre n'y voit aucune objection, du moment qu'Antoine s'engage à conquérir l'Orient selon les anciens projets de César, à lui donner, entre autres régions, l'Arabie, province romaine, la ville de Petra, la Cilicie, le Liban, la Coélé-Syrie, Chypre, la Transjordanie et une partie de la Crète, et à considérer Césarion comme l'héritier principal.

— En échange, lui dit-elle après plusieurs jours de négociations, je mets mes richesses à ta disposition.

Antoine est quelque peu dépité de la froideur de la reine. Il cherche à plusieurs reprises à l'embrasser. En la revoyant, sa flamme s'est rallumée. Il tente de la convaincre de remettre leur discussion à plus tard et de profiter des instants de bonheur qu'ils vivent grâce à leurs retrouvailles. Mais Cléopâtre ne cède pas tant que le pacte n'est pas conclu.

Le mariage a lieu pendant l'hiver 37. Antoine et Cléopâtre résident dans le quartier de Daphné, à Antioche, où il fait bon vivre. Mais, bientôt, Cléopâtre presse son amant de remplir son contrat et de partir en guerre contre les Parthes. Antoine commence par manœuvrer. Il donne l'ordre de tuer quelques rois. Cléopâtre a bientôt la jouissance de la Coélé-Syrie et de l'île de Chypre. Elle obtient les royaumes de Crète et de Judée puis elle pousse Antoine à hâter ses préparatifs.

Celui-ci part au mois de mars 36. Cléopâtre l'accompagne jusqu'à Apamée puis elle part visiter Jéricho mais le médecin lui conseille vivement de rentrer à Alexandrie : elle attend son quatrième enfant, qui sera un fils, Ptolémée Philadelphe. Aussi la reine rentre-t-elle à regret en Égypte. Bien qu'il l'assure d'une victoire rapide, Antoine va connaître les pires difficultés dans son expédition contre les Parthes. Tout laisse pourtant penser que le Romain remportera le combat. Il possède une armée de plus de cent mille hommes et près de trente-cinq mille cavaliers qui font déjà trembler l'Asie. Malheureusement, son lieutenant Tatianus, chargé d'acheminer le matériel de siège, est attaqué. Son allié, Polémon, le roi du Pont, est fait prisonnier. Son autre allié Artavasd, roi d'Arménie, s'enfuit. Bientôt arrivent de toutes parts des nuées de Parthes. Antoine est vite contraint de prendre la fuite dans des conditions déplorables. Harcelés par les Parthes, ses hommes meurent de froid dans les montagnes, de fatigue ou de faim. Antoine les assiste le mieux possible. Au bout de vingt-sept jours pendant lesquels Antoine ne ménage ni sa peine ni son courage, les Romains arrivent au bord de l'Araxe. Antoine a perdu quarante mille fantassins et vingt mille cavaliers alors qu'il lui reste sept cents kilomètres à parcourir au milieu des tempêtes de neige. La traversée de l'Araxe ne se fait pas sans pertes. Plusieurs soldats tombent dans le fleuve glacé.

Antoine envoie, dès qu'il le peut, un message à Cléopâtre. La reine, inquiète, arrive non loin de Sidon avec des vêtements et des vivres. Elle supplie Antoine de revenir à Alexandrie mais le Romain ne veut pas rester sur une défaite aussi humiliante.

— Laisse tomber l'Asie pour l'instant et tourne-toi vers Octave, lui dit-elle. Il a éliminé Sextus Pompée, s'est emparé de la Sicile et a chassé Lépide. Il est maître de l'Occident ! Octave ne se révèle pas le piètre combattant que tu m'avais dépeint !

Mais Antoine ne veut rien entendre. Au printemps 35, il apprend que les Mèdes sont prêts à faire la guerre aux Parthes. Le roi de Médie vient le supplier de l'aider à combattre les Parthes. Antoine saute sur l'occasion malgré les conseils de prudence de Cléopâtre. Il se précipite à Antioche rejoindre sa nouvelle armée tandis qu'un messager lui apprend l'arrivée à Athènes d'Octavie avec deux mille soldats.

— Ne pars pas la rejoindre, lui dit Cléopâtre, désespérée.

Antoine n'en a pas l'intention. Il fait dire à Octavie qu'elle peut se retirer, offensant ainsi indirectement Octave, et il part pour Alexandrie avec Cléopâtre.

Afin qu'il ne revienne pas sur sa décision, Cléopâtre fait mine de mourir d'amour pour lui, entreprend un régime, pleure sans cesse tout en faisant semblant de ne pas le lui montrer, le regarde avec des yeux admiratifs, s'évanouit dès qu'il la laisse pour passer dans une autre pièce. Des complices de Cléopâtre confient à Antoine combien elle l'aime et combien il lui serait pénible d'être séparée de lui.

Soit que cette manière d'agir lui soit pesante, soit qu'il la juge en partie hypocrite, Antoine se montre agacé par l'insistance de la reine. Malgré ses prières, il lui apprend qu'il a l'intention de partir lutter contre le roi d'Arménie.

— N'aie crainte, lui dit-il. J'ai appris qu'Artavasd cherchait à comploter contre moi. C'est moi qui vais lui tendre un piège en lui proposant une rencontre sous prétexte d'établir un plan contre les Parthes.

Quelque temps plus tard, Antoine arrive dans la ville de Nicopolis en Arménie. Mais le roi refuse de le rencontrer. Antoine s'empare alors d'Antaxata, la capitale de l'Arménie. Puis il combat contre le fils d'Artavasd, qui s'enfuit chez les Parthes. Il entame avec le roi de Médie des négociations qui aboutissent au mariage de son fils Alexandre-Hélios avec la princesse Iotapa. Puis il rentre à Alexandrie avec des richesses considérables et de nombreux prisonniers, parmi lesquels se trouvent Artavasd et sa famille.

* *
 *

Cléopâtre reçoit Antoine avec bonheur. Le voilà enfin victorieux ! Pour célébrer ses victoires, il faut organiser un triomphe digne de celui qu'il aurait à Rome !

Les Romains apprennent cette nouvelle avec stupeur. Comment Antoine ose-t-il organiser un triomphe à Alexandrie ?

Mais le Romain en a décidé ainsi.

Quelques jours plus tard, un immense cortège part du palais et s'engage dans la rue principale de la ville égyptienne. Il est formé des légionnaires, du char d'Antoine tiré par des chevaux blancs et précédé d'Artavasd enchaîné et de sa famille, des chariots transportant les trophées, des envoyés des cités vassales puis des soldats égyptiens. Lentement, le cortège traverse le forum sous les acclamations de la foule. Puis il passe devant le *sema*, où se trouvait le corps d'Alexandre le

Grand, devant le Musée, et se dirige vers le sanctuaire de Sérapis, où Cléopâtre attend Antoine sur un trône d'or.

Antoine offre un sacrifice à la divinité et s'assoit à côté de la reine.

— Maintenant, prosterne-toi devant Cléopâtre ! ordonne-t-il à Artavasd.

Mais le roi d'Arménie refuse. Il se contente de saluer la reine comme une simple particulière.

— Voilà une raison supplémentaire de te tuer cette nuit, comme le veut la coutume romaine pour tout prisonnier présenté dans un triomphe, dit Antoine, furieux.

Mais Cléopâtre, touchée par le courage d'Artavasd, plaide en sa faveur.

— Gardons-le prisonnier à Alexandrie, dit-elle.

Après ces réjouissances, un banquet réunit le peuple alexandrin qui ne se sent plus de joie. La journée s'achève dans la liesse.

Quelques jours plus tard, au coucher du soleil, le peuple d'Alexandrie se rend à l'hippodrome où a été aménagée une estrade sur laquelle ont été placés six trônes d'or. Antoine et Cléopâtre, vêtue comme Isis, s'assoient sur les sièges les plus grands. Césarion, Alexandre-Hélios, habillé en Mède, Ptolémée Philadelphe, vêtu comme un roi macédonien avec la coiffe *kausia*, Cléopâtre-Séléné prennent place sur les petits.

Après avoir entendu des discours flatteurs, Antoine se lève et déclare :

— Cléopâtre portera dorénavant le titre de « Reine des reines », Césarion celui de « Roi des rois », Alexandre celui de « Grand Roi d'Arménie et de Parthie », Ptolémée-Philadelphe celui de « Roi de Phénicie, de Cilicie et de Syrie », Cléopâtre-Séléné celui de « Reine de Cyrénaïque et de Libye ».

Puis les enfants honorent leurs parents divinisés. Cléopâtre n'a jamais été autant comblée. Elle portera dorénavant le titre de Nouvelle Isis. Des monnaies d'or la représentant en compagnie d'Antoine coiffé de la tiare arménienne seront frappées à Alexandrie.

Antoine écrit aussitôt au sénat romain pour faire ratifier les décisions qu'il vient de prendre. Mais les sénateurs se montrent révoltés. Antoine est-il devenu fou pour donner à Cléopâtre des provinces qui auraient dû être administrées par des consuls romains ? Se prend-il pour le maître de l'Orient en disposant de contrées qui appartiennent à Rome ? Antoine n'est devenu qu'un « débauché plein de vin » qui se laisse entraîner par sa maîtresse, une « prostituée qui l'incite à tous les vices ». Les sénateurs supplient Octave de mettre fin à cette mascarade et de supprimer Antoine.

Mais Antoine n'a que faire de ce qui se passe à Rome. Il se prélasse dans son palais aux plafonds marquetés et aux poutres dorées, où les piliers en marbre alternent avec les murs en agate et en porphyre, marche sur des sols en onyx et en albâtre, ouvre des portes ornées d'écaille des Indes et d'émeraudes, s'assoit sur des sièges rutilants de pierres précieuses, déguste des raisins secs dans des coupes en or posées sur des tables en ébène et en ivoire décorées de jaspe et de cornaline, étend sur sa couche des étoffes soyeuses aux teintes syriennes et aux reflets étoilés tandis que de robustes Éthiopiens musclés et de beaux Germains servent la reine magnifiquement vêtue à la grecque. Couronné de laurier, Antoine passe ses nuits dans l'ivresse.

Cléopâtre ne voit pas sans angoisse les Romains se dresser contre Antoine. Celui-ci en plaisante.

— Te rends-tu compte de ce que me répond Octave, à qui j'ai ordonné de me rétrocéder les terres qui me sont dues ? lui dit-il. Il m'écrit qu'il me donnera les provinces africaines qui me reviennent lorsque je lui céderai la moitié de l'Égypte et de l'Arménie !

— Partons pour Éphèse avec deux cents vaisseaux et vingt mille talents, lui dit Cléopâtre à la fin de l'année. Prends dans le trésor autant d'argent qu'il te faudra. Nous emporterons des céréales, des vêtements et des armes. Informe les rois orientaux. Ils te retrouveront là-bas.

Tout est fait ainsi que Cléopâtre l'a décidé. Très vite, des armées venues de tous les horizons se réunissent à Éphèse. Des Germains, des Maures, des Égyptiens, des Mèdes, des Arméniens, des Grecs, des Libyens, des Syriens arpentent les rues d'Éphèse dans des vêtements variés en parlant les langues les plus diverses.

Des sénateurs romains se présentent alors à Éphèse. Ils demandent à parler à Antoine. On les conduit sous la tente de Cléopâtre, si bien qu'ils comprennent qui dirige dorénavant les opérations. Outrés, ils en viennent à s'interroger sur les capacités d'Antoine.

Antoine et Cléopâtre se rendent ensuite à Samos puis à Athènes pendant l'automne 32.

— Le moment est maintenant venu de répudier Octavie, dit un jour Cléopâtre à son amant.

Antoine s'exécute. Un messager va porter à sa femme la lettre fatale. Tous les Romains se révoltent contre Antoine. Un héraut lui est envoyé pour le mettre en garde. S'il ne se montre pas plus prudent, il sera bientôt déclaré « ennemi de Rome ». Mais Antoine ne voit dans ce messager qu'un espion d'Octave. Aussi n'ajoute-t-il pas foi à ses paroles.

À Rome, la situation s'aggrave. Octave s'empare par la force du testament d'Antoine, protégé par les Vestales, et le lit au sénat.

— Voyez ! dit-il. Antoine donne aux enfants de Cléopâtre des biens considérables et il souhaite se faire enterrer à Alexandrie auprès de Cléopâtre !

Cette lecture provoque une nouvelle colère à Rome. Antoine est finalement déchu de ses fonctions. Octave se rend au temple de Bellone et lance le javelot sacré vers l'est, signe qu'il déclare la guerre à l'Égypte. Le

Romain n'a toutefois pas suffisamment d'argent pour entreprendre une guerre. Il lui faut augmenter les impôts. Aussi Antoine en profite-t-il pour démentir les accusations d'Octave et pour faire des largesses aux Romains. Cependant, alors même qu'il devrait marcher sur Rome, Antoine hésite et perd du temps. Il se rend finalement à Patras avec cent mille fantassins et quinze mille cavaliers sans utiliser la totalité de ses légions. Il juge, en effet, les navires égyptiens suffisants pour repousser l'attaque d'Octave, qui dispose bientôt ses troupes en face d'Actium.

— Laissons-le venir, écrit-il à Cléopâtre. Il manque d'argent. Ses soldats risquent de se mutiner. Nous sommes maîtres de la mer. Le temps travaille pour nous. Nous n'aurons même pas besoin de combattre. Octave tente de m'attirer en Italie en me provoquant afin de terminer cette guerre au plus vite. Je ne tomberai pas dans son piège. La malaria a tué bon nombre de mes soldats. Mais les paysans d'ici sauront les remplacer.

Antoine décide finalement de s'installer sur le promontoire d'Actium en face du camp d'Octave. Cléopâtre vient le rejoindre. Mais il se rend vite compte que ses bateaux, trop imposants, ne peuvent pas manœuvrer dans un espace aussi étroit. En outre, Octave lui interdit maintenant tout passage. Conscient qu'il manquera vite de ravitaillement, Antoine décide finalement de combattre.

— Je vais attirer Octave dans les terres et lui livrer un combat terrestre, déclare-t-il à Cléopâtre.

— Certainement pas ! Nous combattrons sur mer. Je veux que ma flotte participe au combat. Dès qu'Octave sera battu, nous encerclerons sa flotte et tu te rendras à Rome.

Mais les Romains qui sont restés auprès d'Antoine veillent.

— Ne rentre jamais à Rome au bras de cette étrangère, lui disent-ils. Tente plutôt de la renvoyer à Alexandrie.

Antoine essaie d'aborder le sujet avec la reine.

— Tu viens m'apprendre une triste nouvelle, lui dit-elle. J'en suis sûre. Tant de présages funestes se sont multipliés ces derniers temps.

Antoine a bien du mal à lui avouer les raisons de sa visite.

— Mais tu leur as pourtant promis de rétablir les lois républicaines dès que tu rentreras en vainqueur à Rome ! Jamais je ne quitterai ce promontoire tant que ma flotte sera sur le point de combattre !

Antoine finit par s'emporter et lui donne l'ordre de partir, puis il s'excuse.

— J'accepte de livrer une bataille navale, finit-il par lui dire. Mais lorsque nous l'aurons emporté, promets-moi de rejoindre Alexandrie tandis que j'irai à Rome.

Cléopâtre refuse d'en écouter davantage. Elle s'enferme dans ses appartements et ne veut plus dès lors s'entretenir avec Antoine, qui en est à tel point contrarié qu'il en perd le sommeil. Il craint que Cléopâtre n'attente à sa vie.

Un jour, tandis que la reine lui tend la coupe dans laquelle elle vient de boire, Antoine, croyant à une réconciliation, s'en saisit aussitôt. Mais la reine lui rétorque :

— Es-tu sûr que le vin n'est pas empoisonné ? J'aurais pu en boire et ajouter du poison avant de te tendre ma coupe.

Désespéré, Antoine fait finalement part à ses généraux de sa décision : il combattra sur mer. Certains Romains, dépités, l'abandonnent. Il n'est plus, lui lancent-ils, qu'un homme gouverné par une femme.

C'est dans cet état d'esprit qu'il s'apprête à engager le combat qui décidera de son destin et de celui de Cléopâtre.

III

Pendant quatre jours, le vent souffle si fort à Actium que le combat ne peut avoir lieu. Cette situation agace les soldats, impatients d'en terminer. Antoine, lui, ne parvient pas à chasser de son esprit les paroles de dédain que Cléopâtre lui a jetées en plein visage quelques jours auparavant. Mais, il en est sûr, la reine lui demandera pardon dès qu'il aura remporté cette bataille décisive.

Les cent soixante-dix navires d'Antoine sont disposés en ligne. Dès que l'aile gauche puis l'aile droite avancent, Octave attaque par le centre. Le combat, meurtrier et pénible, dure pendant deux heures. Voyant les gros bâtiments d'Antoine en flammes et les vents se lever de nouveau, Cléopâtre décide de regagner Alexandrie, abandonnant Antoine en pleine défaite.

En apercevant à travers les fumées la flotte de Cléopâtre se frayant un passage à travers les épaves, Antoine n'en croit pas ses yeux. La reine le laisse au plus mauvais moment ! Tandis que les soldats d'Octave jettent des torches sur les bateaux d'Antoine et que ceux d'Antoine meurent noyés, brûlés ou frappés à coups de rame, Antoine ne discerne plus que le navire de Cléopâtre qui s'éloigne. Il monte dans l'une de ses galères et rattrape bientôt la reine, qui l'autorise à monter à bord de son propre navire mais refuse de lui parler. Soudain conscient qu'il vient de fuir honteusement et d'abandonner ses soldats, Antoine s'assoit sur le pont et s'enferme dans un mutisme complet. La tête dans ses mains, il est anéanti par ce qu'il vient de faire. Aucun exploit ne pourra plus désormais effacer cet acte misérable, indigne d'un grand militaire.

**

Antoine reste pendant trois jours dans le plus profond désespoir. En le voyant si tourmenté, Phormion et Iras, les deux servantes de Cléopâtre, prient la reine de l'inviter à dîner.

— Laisse-moi à Paretonium, lui dit tristement Antoine. Je vais tenter de récupérer quelques légions. Heureusement que je ne les ai pas toutes envoyées à Actium.

Malgré la froideur dont elle est capable, Cléopâtre ressent beaucoup de pitié pour Antoine.

— Il vaut mieux que tu ne rentres pas avec moi en Égypte, lui dit-elle. Mon peuple ne doit pas apprendre cette défaite. Je vais faire une entrée triomphale dans la ville comme si tu l'avais emporté.

Antoine débarque comme prévu non loin d'Alexandrie dans un petit village entouré de sable et de palmeraies. Seul lui tient compagnie son fidèle Lucilius, un ancien garde de Brutus.

— En apprenant ta fuite, tes soldats ont été si déçus qu'ils refusent dorénavant de combattre pour toi, lui dit Lucilius.

Antoine est anéanti.

Quelques jours plus tard, des fugitifs venus d'Athènes lui apprennent que ses légions ont tout d'abord refusé de croire à sa fuite puis qu'elles se sont rendues à Octave avec sa flotte. Toutes les cités grecques, à l'exception de Corinthe, se sont livrées à Octave, qui a ordonné de tuer ceux qui restaient fidèles à Antoine. Ses derniers inconditionnels ont finalement accepté d'honorer Octave pour sauver leur vie.

Ne pouvant en supporter davantage, Antoine se précipite sur son épée pour se donner la mort. Mais Lucilius l'en empêche. Le rhéteur Aristocratès appuie les propos de Lucilius.

— Te tuer après avoir fui ? lui disent-ils. Mais tu resterais dans l'histoire comme un lâche ! Rejoins plutôt Cléopâtre à Alexandrie.

*
* *

Bien qu'elle soit rentrée dans son palais la tête haute, Cléopâtre ne peut dissimuler longtemps la défaite d'Antoine. Le peuple se montre très mécontent d'avoir été trompé.

— Je n'ai pas le choix, dit-elle à ses conseillers. Que l'on supprime tous ceux qui s'opposeraient ouvertement à moi ! J'ai besoin d'argent. Qu'on saisisse les biens des Alexandrins les plus riches et qu'on prenne les trésors des temples ! Je dois envisager la possibilité de fuir dans un autre pays. Mais, dans l'immédiat, les Alexandrins doivent savoir que je me battrai jusqu'au bout pour que l'Égypte reste indépendante !

La reine s'isole pour réfléchir. Elle envoie bientôt des ambassadeurs en Médie et en Parthie, fait décapiter Artavasd, qui, en son absence, avait tenté de s'allier avec Octave, et ordonne de transporter de la mer Méditerranée à la mer Rouge les bateaux qui lui restent.

Quand il arrive à Alexandrie, Antoine se précipite auprès d'elle.

— Quelle folie de croire que tu parviendras ainsi à lutter contre Octave ! Rassemblons plutôt toutes les légions romaines qui se trouvent aujourd'hui en Cyrénaïque, en Syrie et en Égypte, et attendons Octave de pied ferme !

Malheureusement le plan d'Antoine est aussi illusoire que celui de Cléopâtre car Octave a déjà soumis la Syrie. Les légions antonines ont toutes rejoint Octave. Il ne reste plus aucun espoir.

— Fêtons la majorité de Césarion et celle de ton fils Antyllus, qui vit maintenant à Alexandrie, dit Cléopâtre à Antoine, la mort dans l'âme. Jamais je ne fuirai. Mais je ne veux pas que Césarion soit prisonnier de ce Romain. Après les fêtes qui célébreront sa majorité, je l'enverrai à Coptos avec son précepteur. Si la nécessité s'en fait sentir, il pourra de là se réfugier à Bérénice, voire plus loin, et réussir la coalition orientale que je n'ai pu opérer. Peut-être même reviendra-t-il un jour pour libérer l'Égypte. Je lui donnerai une grosse somme d'argent afin qu'il soit parfaitement accueilli en Asie.

Tandis qu'un magnifique festin célèbre Césarion, la reine s'informe du résultat des expériences qu'elle a ordonnées. Elle a, en effet, fait administrer divers poisons à des prisonniers afin de connaître avec précision leurs effets. Elle en vient à la conclusion que la piqûre de l'aspic serait pour elle la meilleure solution si la situation s'avérait désespérée.

Malgré la peine qu'elle éprouve, Cléopâtre contraint, dès le lendemain des réjouissances, son fils à partir au plus vite. Deux jours plus tard, au mois de juillet de l'an 30, Octave se présente devant Alexandrie.

*
* *

En cette période tragique, Cléopâtre éprouve pour Antoine autant de mépris que d'amour. Elle écrit cependant à Octave qu'elle est prête à négocier. Le

Romain lui répond que s'il admire son courage, il refuse, cependant, toute tractation. Ses armées entourent bientôt Alexandrie.

— Il ne reste ici que quatre légions romaines ainsi que des soldats égyptiens et macédoniens pour lutter contre Octave, dit Cléopâtre à Antoine.

— Je vais en prendre le commandement, dit le Romain en retrouvant son courage. Nous lutterons jusqu'au bout !

— Tout n'est peut-être pas perdu. Les soldats d'Octave doivent être épuisés. Les murs d'Alexandrie sont solides. Ma flotte n'est pas complètement détruite.

Antoine remporte, en effet, une belle victoire contre Octave et revient au palais satisfait. Il écrit à son ennemi de venir se battre en duel avec lui. Mais Octave lui répond, qu'en cherchant, il trouvera certainement d'autres moyens de mourir.

— Puisqu'il en est ainsi, nous combattrons ! conclut Antoine. Mais fêtons ce soir notre victoire !

Malheureusement, les réussites d'Antoine n'empêchent pas la flotte égyptienne, qui a pourtant reçu l'ordre de fendre la ligne de bateaux d'Octave, de passer à l'ennemi.

Furieux, croyant à une traîtrise de Cléopâtre, Antoine doit abandonner le combat. Il rentre immédiatement au palais et demande à parler à la reine.

Un officier se présente.

— Cléopâtre s'est enfermée avec ses servantes dans le mausolée où se trouve son cercueil, lui apprend-il, puis elle s'est donné la mort.

Anéanti, Antoine s'écroule sur le sol. Quand il reprend ses esprits, il fait appeler son esclave Éros et lui dit :

— Te souviens-tu de ce que je t'avais fait promettre ?

— Oui, maître, répond Éros : de te donner la mort le jour où tu me le demanderais.

— Eh bien, aujourd'hui, je t'ordonne de me tuer.

Éros tire son épée et se frappe lui-même au lieu d'atteindre Antoine.

Le Romain s'empare alors du glaive et se frappe au ventre. Mais comme le coup n'est pas mortel et que des Égyptiens ont accouru pour voir ce qui se passait, il supplie ceux qui le voient ainsi de le tuer. Tous s'enfuient. Diogène, le secrétaire de Cléopâtre, arrive à cet instant.

— Cléopâtre te réclame dans son tombeau, lui dit-il en tentant de l'aider. Dis-moi ce que je dois faire.

— Ainsi donc, elle n'est pas morte ! s'exclame Antoine dans un souffle. Emmène-moi vite auprès d'elle.

Comme elle ne veut pas ouvrir la lourde porte qui ferme le mausolée de peur que les soldats d'Octave n'en profitent pour entrer, la reine jette des cordes par une fenêtre afin qu'on y attache le corps d'Antoine, qui est hissé jusqu'à elle. Tout en se tordant de douleur, Antoine tend encore les bras vers elle. Désespérée, la reine aide à tirer le corps de son amant pour recueillir son dernier souffle. Puis elle couche le corps ensanglanté d'Antoine sur un lit, déchire ses propres vêtements et pleure abondamment en l'appelant par de doux noms.

— Donne-moi du vin, murmure Antoine et suis mes conseils. J'ai connu la gloire et le bonheur. Je ne suis pas à plaindre. Ne fais jamais rien qui te déshonore. Dans l'entourage d'Octave, fie-toi à Proculéius.

Puis il expire entre ses bras.

Cléopâtre demeure inconsolable. Plus rien ne la retient à la vie, sauf le sort de Césarion. Elle adresse donc un nouveau message à Octave, qui lui envoie Proculéius.

Elle veut, lui dit-elle, que ses enfants conservent le trône d'Égypte. Mais Octave refuse. Comme il souhaite s'emparer de Cléopâtre vivante, il lui envoie un autre messager et use d'un stratagème. Pendant l'entretien de ce messager avec la reine, des hommes tentent de passer par la fenêtre du mausolée. Se croyant prise, Cléopâtre tente de se tuer avec un poignard. Aussi Octave la fait-il garder par un affranchi. Puis il prend possession de la ville et tue Antyllus.

Ayant appris que Cléopâtre avait la fièvre à cause de sa blessure et qu'elle refusait de s'alimenter, il exerce un chantage en lui déclarant qu'elle a tout intérêt à manger normalement, si elle veut que ses enfants soient épargnés, puis il se rend lui-même au mausolée.

En le voyant, Cléopâtre se jette à ses pieds dans sa modeste tunique qui ne cache rien de sa blessure. Échevelée, la voix tremblotante, elle espère bien, malgré ses trente-neuf ans, séduire encore une fois, même si cette démarche lui répugne.

Octave reste inébranlable.

Cléopâtre s'empare alors des lettres et des portraits de César.

— C'est ton père qui m'a permis de demeurer reine d'Égypte ! lui dit-elle en l'implorant. Lis ces lettres !

Mais Octave, qui ne voit en Cléopâtre qu'une femme aux traits fatigués, n'a que faire de ses sanglots.

— Ordonne au moins à ton affranchi de cesser de me surveiller constamment, dit-elle à Octave en désespoir de cause. Que crains-tu ? Je n'ai pas d'armes ici !

Dès qu'Octave se retire, Cléopâtre fait en sorte de s'attirer la pitié de Cornelius Dolabella.

— Dis-moi ce qui m'attend, le supplie-t-elle.

— Octave va rentrer à Rome en passant par la Syrie. Dans quelques jours, il célébrera son triomphe.

— Et je serai traînée devant son char avec mes enfants !

Dolabella ne peut qu'acquiescer.

Cléopâtre demande alors l'autorisation de faire des libations en souvenir d'Antoine. Elle retourne dans son palais, prend un bain et dîne. Pendant le repas, un

Égyptien se présente avec un panier rempli de figues. Dès qu'il entre, la reine cachette une lettre qu'elle avait déjà écrite dans le mausolée et prie l'affranchi d'Octave chargé de sa surveillance de la porter de toute urgence à son maître. Puis elle s'enferme avec Iras et Phormion.

Dès qu'il prend connaissance du message de Cléopâtre faisant part de ses dernières volontés, le Romain se précipite à la porte de la reine. Quand il réussit à entrer, il trouve la reine couchée sur un lit doré dans sa tenue royale. Iras est morte à ses pieds et Phormion agonise.

— C'est magnifique ! dit l'un des hommes d'Octave.

— C'est surtout digne de la descendante de nombreux rois, réplique Phormion avant d'expirer.

Cléopâtre meurt le 29 août 30. Elle est enterrée à côté d'Antoine, comme l'indiquent ses dernières volontés.

*
* *

Certains historiens prétendent que Cléopâtre mourut dans son mausolée. En réalité, la fin de Cléopâtre demeure mystérieuse car on n'a retrouvé sur elle aucune tache de poison pas plus qu'on ne retrouva à l'époque de serpent... Une petite piqûre au bras permit de suggérer que Cléopâtre avait peut-être été piquée par une aiguille empoisonnée ou par un aspic. A la place de Cléopâtre, Octave fit, en effet, défiler, lors de son triomphe, une statue la représentant le bras entouré d'un serpent. Mais d'autres versions suggèrent qu'elle aurait été piquée au sein.

Personne n'a pu non plus apporter d'explication probante sur la manière dont un serpent aurait été donné à Cléopâtre. Le panier de figues où il est censé avoir été dissimulé avait été fouillé. Il est, en outre, exclu que les trois femmes aient été tuées par un seul aspic. Le seul serpent venimeux courant en Égypte qui ne laisse quasiment aucune trace de sa morsure est le serpent royal par excellence : le cobra, dont la morsure provoque une légère enflure. Étant donné sa taille, on imagine mal comment un cobra aurait pu être apporté à la reine sans que les gardes s'en aperçussent. Envisager d'autres serpents semble également exclu. Les morsures des deux autres serpents venimeux que l'on trouve en Égypte, la vipère à cornes et la vipère commune, sont facilement détectables à cause de l'enflure qu'elles engendrent.

Peut-être convient-il donc de revenir à une explication moins poétique mais plus logique et de considérer que les trois femmes se sont empoisonnées.

Quelques jours après la mort de sa mère, Césarion revint à Alexandrie sur le conseil de son précepteur Rhodon, qui prit le parti d'Octave. Il fut étranglé.

Octave épargna, toutefois, les enfants d'Antoine et de Cléopâtre, qui défilèrent lors de son triomphe à Rome avant d'être confiés à Octavie, qui les éleva avec ses propres enfants. Alexandre-Hélios et Ptolémée-Philadelphe moururent jeunes. Cléopâtre-Séléné fut mariée à Juba, fils du roi de Numidie, qui devint roi de Maurétanie. Fière de ses origines, elle jugeait naturel d'être reine et de faire frapper des monnaies à son effigie. Tous deux eurent deux enfants, Ptolémée, qui fut sans doute victime d'un piège que lui tendit l'empereur romain Caligula parce qu'il se montrait trop présomptueux, et Drusilla, qui épousa un affranchi de l'empereur Claude puis Antonius Félix, procurateur de Judée sous Néron.

Après la mort de Cléopâtre, Rome administra l'Égypte. Aucun empereur ne réalisa jamais cette union de l'Occident et de l'Orient que César et Cléopâtre avaient envisagée. Seuls l'empereur Julien et les Sévères (193-235), en épousant des Syriennes, s'en rapprochèrent sans toutefois l'atteindre.

REMERCIEMENTS

Je tiens à remercier Michel Lafon et toute son équipe éditoriale pour leur gentillesse et leur attention.

Table

Préface 11

Néfertiti et Akhenaton 21
Ramsès II et Néfertari 63
Tyi et Ramsès III 123
César et Cléopâtre 183
Antoine et Cléopâtre 215

Du même auteur :

L'Art aux yeux pers, Le Cherche-Midi, 1980, *poésie*. Prix Jean Christophe.
Torrent, R.E.M., Lyon, 1983, *poésie*, Album avec interprétation au piano de Violaine Vanoyeke.
L'Harmonie et les arts en poésie, Monaco, 1985, *anthologie*.
Le Mythe en poésie, Monaco, 1986, *anthologie*.
Cœur Chromatique, R.E.M., Lyon, 1986, *poésie*. Album avec accompagnement musical interprété au piano par Violaine Vanoyeke. Interprétations des textes avec Dominique Paturel.
Clair de Symphonie, J. Picollec, 1987, *roman*.
Messaline, Robert Laffont, 1988, *roman*. Traduit en espagnol, portugais, grec, coréen, bulgare, polonais...
Le Druide, Sand, 1989, *roman*.
Au bord du Douro, Lizier, Luxembourg, 1989, *poésie*.
Les Louves du Capitole, Robert Laffont, 1990, *roman*. Prix littéraire de l'été 1990. Traduit en espagnol.
Le Crottin du diable, Denoël, 1991, *roman*. Prix de l'association de l'assurance et des banques 1992.
Les Bonaparte, Critérion, 1991, *histoire*.
La Prostitution en Grèce et à Rome, Les Belles Lettres, 1990, *histoire*. Traduit en espagnol, en grec, en japonais...
La Naissance des jeux Olympiques et le sport dans l'Antiquité, Les Belles Lettres, 1992, *histoire*.
Les Grandes Heures de la Grèce antique, Perrin, 1992, *histoire*.
Les Sévères, Critérion, 1993, *histoire*.
Les Schuller*, Presses de la Cité, 1994, *roman*.
Hannibal, France-Empire, 1995, *histoire*.
Paul Eluard, Julliard, 1995, *biographie*.
Le Serment des Quatre Rivières, Presses de la Cité, 1995, *roman*. (*Les Schuller***).
Quand les athlètes étaient des dieux, Fleurus, 1996.
Le Secret du Pharaon*, L'Archipel, 1996, *roman*. Traduit en espagnol. Repris au Grand Livre du Mois (1996), à Succès du Livre (1997), à Presses Pocket.
Périclès, Tallandier, 1997, *histoire/biographie*.
Une mystérieuse Égyptienne, l'Archipel, 1997, *roman* (*Le Secret du Pharaon***).

Discographie

Beethoven, Debussy, Chopin, R.E.M., Lyon, Violaine Vanoyeke, piano.
Chopin, Debussy, Schumann, R.E.M., Lyon, Violaine Vanoyeke, piano.

Composition réalisée par NORD COMPO

IMPRIMÉ EN FRANCE PAR BRODARD ET TAUPIN
La Flèche (Sarthe).
LIBRAIRIE GÉNÉRALE FRANÇAISE - 43, quai de Grenelle - 75015 Paris
ISBN : 2 - 253 - 14592 - 0   ❖ 31/4592/7